地下室

吉沢 華

幻冬舎アウトロー文庫

地下室

目次

第一章　リストランテ「Vivace」

1

五月、温かな夜風が並木道をわたる。

深い木々に覆われた白い一軒家の窓からは、きらびやかなシャンデリアの輝きが漏れ、軽やかなピアノの音にのって女性たちのおしゃべりが聞こえる。

都会の一等地とは思えぬ静かな佇《たたず》まいのレストラン。その石畳のエントランスを抜けると、マホガニーの分厚いドアに金文字でイタリアンレストラン「Vivace」の文字が刻まれている。

ここでは夜な夜な音楽家や作家といった文化人、財界の若手、ときには政治家などが集まり話に花を咲かせている。そして彼らの傍《そば》には常にモデルなどの美しい女性がいて、色を添えている。

その中でもひときわ目を引く美しい女性が、一団の中にいた。淡いブルーのワンピースに亜麻色の髪をアップにしている。パールのバレッタは上品な光沢を放ち、ふんわりとカールした後れ毛が耳元に揺れる。

「今度みんなで旅行に行かない？」

瑠璃子《るりこ》と呼ばれたその女性は、はっとして横顔を隣の女性に向けた。前菜を口に運びかけていた瑠璃子は、フォークを宙に止めたまま曖昧《あいまい》な笑顔を見せる。

Vivaceの客層にしてはずいぶん若い女性陣が円卓を囲んでいる。高級な場にそぐわない風もあり注目をひくが、どの娘もみな若々しく美しいので男性客はほほえましく見守っている。その中でもとりわけ麗しいのが瑠璃子だった。

「ええ、そうね、素敵だわ」

友人につられて瑠璃子も前歯を見せて笑う。

伊集院《いじゅういん》瑠璃子は十九歳の普通の音大生だ。ただ人と違うのは、全国にチェーン展開するホテル王の一人娘であることだった。母親とはとうに死に別れ、多忙な父は瑠璃子に愛情を注ぐ代わりに金を与えていた。だが、いくら贅沢を許されても瑠璃子の淋しさはぬぐえない。

今夜も瑠璃子は淋しさを埋めるため、運転手の佐々木を表に待たせたまま音大仲間とVivaceへ繰り出していた。家に帰っても広い屋敷に一人ぼっちで味気ない。ならば友人と出来るだけ一緒にいたいと思ってしまう。

ここは料理の味がいいことはもちろんだが、敷居が高いのでも有名だった。一見《いちげん》の客はお断りだし、予約もなかなか取れない。だが瑠璃子は高名な父親の威光でいつでも窓際の良い席に通してもらえる。誘われた友人は、有名人に会える上に瑠璃子にごちそうしてもらえるのだから、みな嬉々《きき》としてついてきた。

「伊集院様、ようこそVivaceへ」

黒いスーツ姿の男が、日に焼けた顔に白い歯を見せて微笑《ほほえ》みかける。

「あら、立花さん」

「今日はまた一段と華やかでお美しいお嬢様方ですね。私どもも幸せです」

褒められた友人たちは声をあげて恥ずかしがる。誰もがこの立花というオーナーに憧れて頬を染めている。それもそのはず、立花は今をときめくVivaceの成功者として数々の雑誌に取り上げられていた。料理界に身を置くにしてはスポーツマンのようながっしりした体躯《たいく》を誇り、四十五歳とは思えない若々しい雰囲気と明るく饒舌《じょうぜつ》なおしゃべりが魅力だ。

「まあ、ありがとうございます。このお料理もおいしいですわ」

瑠璃子は長い睫《まつげ》を瞬《しばた》かせて、横に立つ立花を見上げる。

「春野菜をふんだんに取り入れた前菜です。お口に合いましたら光栄です」

髭《ひげ》をたくわえた口元を弛《ゆる》め、精悍《せいかん》な眉《まゆ》を開いて立花が微笑むと、女友達からため息が漏れる。

「グリーンの色がとても鮮やかですわね」

立花が挨拶《あいさつ》に訪れたお陰で、先ほどまで淋しげだった瑠璃子は上機嫌になった。瑠璃子もまた立花に憧れている。

肩にのったオーガンジーのリボンが袖代わりのドレスは、まるで蝶がとまったようで、瑠璃子が振り返るとリボンもふわりと空気に泳ぐ。

瑠璃子は初めて店に足を踏み入れたときから立花に淡い恋心を抱《いだ》いていた。

だが、晩生《おくて》の瑠璃子から男性に声をかけることなどできるはずもない。それに、いくら有名とはいえ立花は一レストランのオーナーに過ぎない。かたや瑠璃子は日本を代表するホテル王の娘であり、幼いときから常に世話係が纏《まと》わりついていた。今、その役目は運転手の佐々木が務め、変な虫がつかないか監視の目を光らせている。身分の違いを意識すると、そう簡単に立花に近づくことが出来ない。

「あら、あそこにいるの、入江先輩じゃない？」

瑠璃子の向かいに座る友人が、瑠璃子の肩越しを見つめて囁《ささや》く。

「え、まあ、本当だわ」

瑠璃子が振り向いた視線の先に、黒いベルベットのロングドレスを纏った入江亜弓がグランドピアノを弾いていた。

艶《つや》やかな黒髪を結い上げ、のぞいた襟足がはっとするほど白く美しい。一心にショパンを奏でる亜弓は後輩たちのおしゃべりにも気付かず、細い指を鍵盤に躍らせる。

「アルバイトかしら、あのドレス素敵じゃない」

「そうね、ピアノもお上手だけど、相変わらずお綺麗ね。入江先輩は美人で有名ですもの」

音大生たちは口々に先輩である亜弓を羨《うらや》ましがりながらも、料理に舌鼓を打つ。

「やあ、また会いましたね、瑠璃子さん」

隣の席からの男の声に、ショパンのメヌエットが遮られる。

瑠璃子が驚いて振り向くと、桜井誠がにやりと口元で笑って手を振った。

「毎週いらしてるんですか。僕も此処《ここ》の常連なんです。今度よかったらご一緒にテーブルを囲みませんか」

「え、いえ……」

瑠璃子はいままでうっとりと亜弓のショパンを聞いていた顔を曇らせて、ぽってりとした唇を軽く開いた。淡いオレンジのグロスがオリーブオイルに濡れて、シャンデリアの光に艶めく。

桜井は先日Vivaceで顔を合わせ、言い寄ってきた某財閥の御曹司だ。

高級なスーツに身を固め、二十五歳という若さで年配の接待客を相手に臆することなくビジネスの話をしているが、瑠璃子はその女慣れした雰囲気やにやついた顔が苦手だった。

同席した女子はみな立花や桜井に秋波を送るのに忙しいが、瑠璃子は言い寄られて戸惑いを隠せず、俯《うつむ》くばかりだ。

「ブルーのドレスが、よくお似合いですよ」

桜井はウインクひとつ残して、また客のほうに向きなおった。

瑠璃子はほっとしてほつれた後れ毛を耳にかけると、グラスに手をのばし冷たい水でカラカラの喉《のど》を潤した。

せっかくのドレスの下で素肌が汗ばみ、サテン地が張り付いている。大きな深呼吸をすると深いV字の襟ぐりにはこんもり丸いデコルテが盛り上がる。

「瑠璃子ったら、勿体《もったい》ないわ。あんな素敵な男性から誘われてるのに」

隣の同級生が肘《ひじ》を突いてからかうが、瑠璃子は首を横に振ってナプキンで口元を押さえる。

桜井のことよりも、そんなふうに他の男に声をかけられているところを立花に見られたくない気持ちのほうが強かった。

瞼《まぶた》を伏せながらも、瑠璃子はいつも視線の端で立花の姿を追っている。

やがて女性たちは運ばれてきたスープに歓声をあげて、早くも桜井のことなど忘れている。

淡いオレンジ色の雲丹《うに》のスープはよく冷え、模様を描く生クリームとともに口に含むとまろやかなコクが広がる。

瑠璃子はスプーンを口に運びながら、エレガントな女性や紳士的な男性が、部屋の隅の螺《ら》旋《せん》階段をひっそりと降りてゆくのを見て不思議に思った。

一人、また一人、あとから来た客が席にも通されずにドアからまっすぐ螺旋階段へと進む。

（地下にもテーブルがあるのかしら）

瑠璃子の疑問が届いたのか、ふと立花が歩み寄り、ふくよかな耳たぶに触れんばかりの近さで囁いた。

「地下はワインセラーになっておりまして、ＶＩＰのお客様のみの空間とさせていただいております」

「まあ、そうですの」

瑠璃子は立花との距離に頬を染めて、小さく呟《つぶや》いた。未成年の瑠璃子はアルコールもたしなまないのに、ボルドーワインのように朱に染まっている。それが恥ずかしくてまた俯く。

「よろしければ、あとでご案内しましょうか」

「え……」

「皆様にデザートをお出しするころに、伊集院様だけ特別に」

立花がそう言い残し風のように立ち去ると、瑠璃子は高鳴る胸を鎮めようとひんやりとしたスープを口に含んだ。

2

「お足元にお気をつけてくださいね」

先に階段を降りる立花が、瑠璃子を振り返って手を差し伸べる。

「すみません」

ほんの少し触れる指先にどきりとして、瑠璃子は睫を伏せて大人しく引かれて行く。

ビーズのちりばめられたヒールの爪先で緋色の絨毯《じゅうたん》を踏みしめながらゆっくりと螺旋階段を降りる。アール・ヌーヴォー調の植物の蔓《つる》のような手すりを撫《な》でながら進んでゆくと、コンクリートむき出しの広いフロアが現れた。

作りつけの棚にワインボトルがずらりと並び、部屋中にアルコールの匂いが仄《ほの》かに漂っている。

「まあ、すごい……こんなにたくさん」

「はい、室温は常に十五度、湿度は六五パーセントに設定してあります。自然な風合いを生かすため、壁には漆喰《しっくい》を用いています」

瑠璃子は立花について歩きながら、ボトルに指を触れ、熟成されるワインの芳醇な香りに酔う。

こんなに傍で、それも二人きりでいると、瑠璃子は胸が早鳴り、流暢《りゅうちょう》な説明も耳から消えていってしまう。

「伊集院様は、まだ未成年でいらっしゃいましたね。ご試飲いただけないのが残念です」

立花は瑠璃子に微笑みかけてちょっと肩をすくめる。

瑠璃子は申し訳なさそうに眉を寄せて、くすっと微笑み返す。緊張がほどけ、二人の間にやわらかい空気が流れる。

「広いんですのね。あちらにもまだあるわ」

瑠璃子はワインの香りに満ちた空間を静かに歩いてゆく。ヒールの音が響き、それにつれて立花の足音が重なる。

「これは古そうね……」

だが、瑠璃子はワインのことよりも、後ろに立つ立花が気になって仕方なかった。初めて二人きりになれた喜びと戸惑いが去来する。

すぐ傍にいる立花の温《ぬく》もりが、背中に伝わってきて息苦しい。ぎこちなさを悟られないようにしようとしても、水色のドレスの裾が小刻みに震えている。それに、学友に黙って席を外したことも気になっていた。

「皆様方は今頃パッションフルーツのムースをご堪能中でしょう」

まるで瑠璃子の心内を見透かしたように、立花が囁く。立花の言葉に安堵《あんど》してワインボトルのラベルに目を落とす瑠璃子の耳に不思議な声が聞こえてきた。次第にその声が妖しい色を帯びてくる。艶《なまめ》かしい女の吐息に、ときおり男の呻《うめ》くような低音が重なる。

じっとラベルに見入る振りをする瑠璃子の、ボトルに伸ばした手が止まる。聞くまいと思っても、淫《みだ》らな声は強弱をつけて瑠璃子の耳に流れ込んでくる。

(この声って、まさか……一体どこから？)

温室育ちのお嬢様である瑠璃子は、もちろん男性経験もない。それだけに今漏れ聞くこの声が淫らなものかも確信が持てないでいる。ただ、テレビや映画で見知った男女のシーンに似通った艶かしさに、瑠璃子は耳まで熱くして全身を強張《こわば》らせてしまう。

それに、立花が傍にいてはますます緊張の度合いが深くなる。もしやこの地下室でだれかが恥ずかしいことをしていたら……もしそんな場面に出くわしてしまったら、瑠璃子は立花の前でどんな顔をすればいいのか分からない。

途切れ途切れの二重奏はどうやら突き当たりに掛かった緋色の緞帳《どんちょう》の奥から流れてくるよ

うだ。

「どうかなさいましたか」

息を潜める瑠璃子の背後から、立花がやさしく訊《たず》ねる。振り向いた瑠璃子は、頬がふれんばかりの傍にいる立花に驚いて身を小さくして震える。

「いえ……別に」

目を伏せて動揺を隠してみても、ブルーのドレスの胸元が大きく膨らんで呼吸が浅くなる。

「ああ、あのカーテンですか。ごらんになりますか」

立花に背を抱かれ、瑠璃子はぎこちない足取りで深紅のベルベットの前に歩み寄った。

先頭に立つ立花は、カーテンの端に歩み寄り、壁にもたれるようにしてそっと緞帳を捲《めく》ると、瑠璃子を促して中を覗《のぞ》かせた。

「えっ」

瑠璃子の目に、鏡張りの空間で見知らぬ男二人と女二人が全裸で絡み合っている痴態が飛び込んできた。

「これは……」

広いリビングルームのような部屋にはゆったりとしたワインレッドのL字のソファセット

が置かれ、毛足の長い黒い絨毯が敷きつめてある。天井からは豪華なシャンデリアが吊り下げられ、三面に張り巡らせた鏡に反射して眩《まぶ》しいほどだ。

二組のカップルとおぼしき男女は、一組はソファの上で、もう一組は床に寝転がり、互いの交わりを見せ付けるようにして昂《たか》ぶっている。

瑠璃子はあまりの光景に息も出来ぬほど体が強張り、カーテンに摑《つか》まっていないと立っていられない。耳を塞《ふさ》ぎ顔を背けたい思いに駆られるが、金縛りにあったように動けない。

ソファに腰掛けた小柄な女に男が伸《の》し掛かっている。無理やり開かせられた足は左右に大きく広げられ、その真ん中で男が尻を振って下腹部を押し付けている。女は両手を男の首に巻きつけ、黒髪を振り乱し赤い唇をわななかせて言葉にならない叫びを上げている。

床に寝そべった男には、赤い髪の女が馬乗りになって、今まさにゆっくりと腰をおろしてゆくところだった。黒い絨毯の上に投げ出されたふくらはぎの白さがはっとするほど艶かしい。女は二本の細い腕を床につき、尻を持ち上げてゆっくりとくねらせる。まるで巨大な桃のような見事な臀たぼが艶かしい。やがて女は何度か尻を前へ突き出しては持ち上げ、を繰り返すと、静かに男の上に沈めてゆくと同時にだらしなく開いた唇から途切れ途切れのあえぎを漏らす。よく見れば、天井にも鏡が張り巡らされ、縺《もつ》れた男女の姿が映し出されている。

「ここはＶＩＰルームです。特別なお客様だけをお通しする空間なのです」

身動きのとれない瑠璃子に、立花が囁く。熱い息が耳をくすぐり、瑠璃子までもが体の芯が厚ぼったくなってくるのを覚えていた。初めて目にする生の男女の絡み、そして初めて感じる体の痺《しび》れに、内腿《うちもも》や腋下がねっとり汗ばんでいる。

瑠璃子は立花に答えることも出来ず、唾《つば》を飲んだ。ただ、淫らなシーンに瞼を伏せるしか逃れる術《すべ》はない。だが、たとえ目を逸《そ》らそうとも、研ぎ澄まされた聴覚にいやらしい音が忍び込んで瑠璃子を困らせる。

ソファの女がふくらはぎで男のわき腹を挟み、しがみついていく。男は尻肉を震わせてピストン運動をはじめると、ソファが大きくバウンドして女の髪が肩に跳ねる。

床の女は騎乗位のままたっぷりと肉付きのいい尻を前後に揺らし、たわわな乳房を波打たせている。年のころは三十を過ぎているだろう、色っぽい男好きのする顔立ちに、さらに淫らな微笑みが浮かぶ。男の手が下から伸び、女の乳房を摑むと、熟れた果実をぐじゅりと歪《ゆが》めるようにして指を食い込ませる。女は金切り声をあげて悦《よろこ》ぶと、もっととせがむように腰を振る。

男はそれに合わせるように親指の腹で尖《とが》りを転がし始める。女はくすぐったそうに眉を寄せて仰《の》け反《ぞ》り、白い腹を見せ付ける。

瑠璃子は、ヒールの音を気にしながら一歩下がった。覗いていることを気付かれる怖さもあるが、それ以上に初めて目にする卑猥なショウにヴァージンの瑠璃子は耐えられなかった。

馬乗りの女が下から突き上げられて裏返った声をあげる。その声は突かれるたびに途切れて、それだけに下の男の動きを如実に伝えてくる。静かな地下室には女の嬌声だけでなく、結合部の水っぽい破裂音や下腹部のぶつかる乾いた音が響いている。

本物の淫音など耳にしたことはない。これがアノ音なのだろうか、と訝《いぶか》りながらも体は自然と疼《うず》いてくる。割れ目の奥が、きゅう、と収縮し、中がぬるりと潤ってくるのが分かる。まるで中に石鹸でも塗られたようにぬらぬらとぬめり、腰が落ち着かない。

（ああ、いや……なんてことなの……人前であんないやらしいことする人達がいるなんて）

瑠璃子は赤く火照《ほて》った顔を隠そうと両手を口元に添えた。出来ることなら逃げ出したいがどうしていいか分からない。

「ご遠慮なく、さあ、ごらんください」

立花が瑠璃子を背中からすっぽり抱きすくめるように手を伸ばし、口元に添えた瑠璃子の華奢《きゃしゃ》な手をやさしく下ろさせた。

タッチはやわらかいものの、立花の手は瑠璃子の手首をしっかりと押さえつけて離さない。怯《おび》える瑠璃子は、だが、立花に触れられて戸惑いと淡い歓《よろこ》びが交錯し、頬はピンクに染まり、息は浅くなってドレスの胸元がきついほどに膨らむ。その谷間を立花に見下ろされていることとなど気付く余裕はない。

いつしか内腿がじっとりと汗ばみ、船底あたりのストッキングのナイロン繊維がぬめってくる。その生温《なまぬる》い粘りは汗だけでないことに瑠璃子はまだ気付いていなかった。

床の上の女は両の乳首を弄《いじ》られ、背を仰け反って喘《あえ》いでいる。突き上げられるたびに胸がバウンドし、太り肉《じし》の体がぶるんと揺れる。男の指がせわしなく赤紫の豆粒を弾《はじ》き、いじわるそうにひねっている。

ソファでは、男が女を抱きかかえ椅子に寝そべらすと、やおら上になって肉棹を手に支え持ち、押し広げた太腿の間に狙いを定めている。開いた股間から生える黒い茎は卑《いや》しくも女陰との間に透明の糸を引いている。

瑠璃子は立花に押さえ込まれ、逃げることも出来ず男女の交わりを見せ付けられていた。はじめこそ嫌がりながら目を背けたり、瞼を伏せていたものの、いつしか真正面を見、愛らしい小鼻を膨らませて、オレンジグロスで塗られた唇を半開きにして二組の妖しいうごめきをじっと見つめている。

体が震え、腰が自然と微《かす》かにくねる。中から漏れるお汁がぬらりとして股が落ち着かない。秘所はぽってりと充血しているのか、中から花びらが捲れるような感覚に襲われ、じんじんと痺れてむず痒《がゆ》い。

ソファの縁を摑んでいる女の上で、男がスピードをあげて腹を打ちはじめた。乾いた音に女の叫びが重なり派手な二重奏になる。豪華なソファが軋《きし》み、鏡に映る男の尻が激しく揺れている。

床の女はその声にあてられたのか、膝《ひざ》を立て、男の腹の上に尻を乗せる体位で腰を前後にグラインドしはじめる。男は寝そべったまま膝を曲げ腰を浮かせ、女に擦《こす》り付けるように動かしている。赤毛の女も縮れた髪を乱して、肉付きのいい下腹部を男の股間に擦りつけてゆく。粘っこい交わりが余計にいやらしい。

女の白い内腿の谷間に、赤黒い杭がぬらりと光って刺さっているのが目に飛び込んでくる。グロテスクな太い杭は、外れんばかりのところまで抜いたかと思うと、一気に女の割れ目に押し込み、を繰り返す。

女のヘアーは掻《か》き出された汁が飛び散り、つややかに濡れている。

ソファの女が童顔を歪めて浅い息を苦しげに継いでいる。容赦ない男の速射が細い腰を軋ませて折らんばかりに伸し掛かってゆく。女の割れ目に蜜が溢《あふ》れ、尻の割れ目からソファにかけて濡れ光っているのが分かる。

(よして、これ以上、どうするの、ああ、やめて……いや、ああ、いや)

大人の密《ひそ》かな愉《たの》しみに呆然《ぼうぜん》と見入っていた瑠璃子だったが、ついに顔を背けていやいやと首を横に振った。両手を囚《とら》われたまま身を捩《よじ》り訴える瑠璃子はなんともいじましく、肩のリボンを揺らす姿が水色の小花のように立花の胸にくずおれる。

強く押さえつけていた立花の手が瑠璃子の手首から離れ、やっと自由の身となる。

背中はびっしょりと汗をかき、ブルーのサテン地に染み込んでいる。

「どうなさいました、目が潤んでますよ」

立花は悪びれた風もなく、瑠璃子を覗き込んで穏やかに囁く。そして静かに緞帳を閉じると、ドレスの背を抱いてワインセラーへと歩を促した。

3

「驚かせましたか、すみません」

立花の相変わらず紳士的な態度に、瑠璃子は無言で俯き、セラーの棚に指を添えて寄りかかるように歩いた。

ただのワインセラーと思っていたら、その奥には妖しげな部屋があるなど想像もつかなかった。今見たばかりの淫らな情景が瞼に焼き付いて離れない。

「い、いいえ、私……」

瑠璃子はそういうのがやっとだった。華奢な体が小刻みに震えて、前歯がカチカチと鳴ってしまう。

ふいに立花が瑠璃子の肩を抱き寄せ、唇を重ねてきた。瑠璃子は息が止まりそうになり、されるがままに立花に抱きすくめられた。じっと重ねた唇がやがてゆっくりと開き、瑠璃子の強張った唇に押し付けてくる。

湿った唇の感触がうねうねと瑠璃子の唇の上を這い、やわらかく食《は》んでくる。白い前歯に触れた立花の唇が瑠璃子の上唇を捲るようにして押し込んできた。

興奮と緊張に乾いた瑠璃子の口中に、立花の湿った舌が潜り込んでくる。小さな前歯をチロチロと撫で、わずかな隙間《すきま》に滑り込み、あっという間に瑠璃子の舌に舌を絡ませてきた。

「むふうっ……」

瑠璃子は初めてのキス、それもこんなディープなキスに噎《む》せ、思わず声を漏らしてしまった。自ら発したくぐもった息に恥じらい、頭が逆上《のぼ》せるほど顔が真っ赤に染まる。強張った体はじっとりと汗ばみ、立花の腕の中で熱を帯びてくる。

立花の舌はグロスに塗れた唇をこじ開けると、ざらりとした感触を瑠璃子の舌になすりつけ、乾いた舌を潤してくる。

前歯どうしが触れ、乾いた音がして、瑠璃子は恥じらいに唇を閉じようとするが立花がそれを許さない。

立花の舌が瑠璃子の舌を愛撫するように舐《な》めまわすと、次に上顎《うわあご》をくすぐってくる。尖らせた舌先でやさしく突き、丸いドーム状の天井をなぞってくる。

瑠璃子は口を大きく開けさせられたまま、閉じることも出来ずに立花にされるがままでいる。声を出すのも恥ずかしく耐えてみるが、上顎を刺激され、初めての感触に艶かしい息が漏れてしまう。

「んふう……」

上顎を刺激されているだけなのに、瑠璃子は下の割れ目が充血して、きゅう、と収縮するのが分かった。体中の血が下の割れ目に集まるのが分かり、腰を揺らいでいないと落ち着かない。今までも映画や小説で男女のシーンを見知ったときには同じような感覚に捕らわれたことがあった。だが、これほどまでにはっきりと体の変化を来したことはない。

立花に体の反応を知られまいと身を離したくとも、大きな上背にがっしりと抱きしめられていて身動きが取れない。

瑠璃子は、肺を押しつぶされそうになりながらも、どうにか立花のキスを受けている。唇から胸、そして腹から腿まで密着していては、瑠璃子の下半身の微細な揺れまで伝わりそうで、瑠璃子は腰を離したくて小さく抗《あらが》う。

だが、抗うほどに立花は腕に力を込めてくる。

瑠璃子は自らの女体の変化にとまどいつつ、緞帳から漏れてくる淫らな声に耳をそばだてずにはおれなかった。

卑しい女の声はさらに大きくなり、腹を打ち付ける乾いた音とともに途切れ途切れに痴語を叫ぶ。聞くに耐えないいやらしい言葉と荒い息が瑠璃子を困らせる。遠慮ない交わりの音とそれに被《かぶ》さる男の呻きが何も知らない瑠璃子にもクライマックスの近いことを知らせる。

それに合わすかのように立花が瑠璃子の腰を引き寄せる。決して乱暴ではなく、ソフトな、しかしがっしりとした掌《てのひら》で、背中を撫で、怯える仔猫を宥《なだ》めるようにやさしくさすってくれる。

やがて地下室に静寂が訪れた。

口中を一巡した舌は、そろりと大人しく抜け、弛んだ瑠璃子の唇を舐《ねぶ》ってくる。そのぴちゃぴちゃと涼しい音をたてる甘美なタッチに、瑠璃子はやっと落ち着きを取り戻し、うっとりと身を委《ゆだ》ねてゆく。

鼻の下に蓄えた髭がわさわさと触れてくすぐったい。もっと硬く痛いものと想像したが思いのほか柔らかな毛並みが、瑠璃子を適度に刺激する。

どれほど時間がたったろう、初めてのくちづけはまるで時が止まったかのように長く長く感じられた。

瑠璃子の小さなエナメルバッグの中で携帯電話が鳴った。ようやく立花が腕の力を抜き身を離してくれ、慌ててバッグをあけて手に取ると、液晶画面に佐々木の着信を知らせる文字が光っている。

「心配なさっているのでしょう。そろそろお戻りにならないと」

つい今しがたまで触れ合っていた唇は、激しい吸い合いにぽってりと膨れ、グロスがはがれて飾らない素のリップを晒《さら》している。頬や顎に残る唾液がまだ乾ききらず、生々しい痕を残している。

立花は瑠璃子の上腕を摑むと、真正面から見下ろしやさしい瞳で覗き込む。先ほどまでの荒々しい男を感じさせる雰囲気は失《う》せ、穏やかないつもの紳士がそこにいる。

「さあ」

いざ地下室を去るとなると、瑠璃子のほうが離れがたく足が進もうとしない。先ほどまでの甘い抱擁の余韻に浸る女体はどこもかも過敏になり、腿を引きずりヒールのつま先を踏み出す。

瑠璃子はワインに酔ったかのように耳まで染めて、おぼつかない足取りで階段を昇った。

ピアノの生演奏も終わり閉店間際となったVivaceから、着飾った女性たちが賑《にぎ》やかに躍り出る。

「じゃあ、また明日ね」

「瑠璃子、おやすみなさい」

上機嫌でタクシーに乗り込む友人たちを見送ると、瑠璃子は静かに目の前にとまった黒塗りのロールスロイスに歩み寄る。運転席から肉付きのよい初老の男が降りると、ドアを開けて瑠璃子に会釈する。

「伊集院様、本日もご利用ありがとうございました。どうぞお気をつけて」

「ええ、また」

瑠璃子はマホガニーのドアの前に立つ立花に遠慮がちに微笑むと、ブルーのドレスの裾をふわりとさせて、革張りのシートに乗り込む。

よく磨かれた銀色のドアノブを、白い手袋をした佐々木が恭しく閉める。

「おやすみなさい」

「おやすみなさい」

瑠璃子は開けた窓から顔を覗かせて、立花を振り返って呟いた。

店の前では恥ずかしくて視線を外してしまったが、今となってはやはりその面影を慕ってしまう。車が静かに滑り出し、亜麻色の髪がゆるやかな風に靡《なび》き、カールした毛先が頰にそよぐ。

肩にとまった水色のリボンが揺れ、闇の中にいつまでも淡く浮かび上がる。

「…………」

いつもVivaceで食事をした帰りはにこやかな瑠璃子が、今夜は違った。眉を切なげに寄せ、憂いを含んだ瞳で窓に流れる街灯をぼんやり見つめている。ふっくらとした頰は桜色に上気しているのだが、軽くほどけた唇は何か言いたげにきゅっと結んではまた開く。

そんな横顔をミラー越しに佐々木に見られていることなど、瑠璃子は知らなかった。

頭の中にはあの地下室での出来事が走馬灯のように巡り続けている。ボトルが並んだ空間で、ワインの匂いに酔いながら立花に抱きしめられ、交わしたくちづけの感触が今も唇に残っている。初めての接吻は、なんて深くなんて艶かしいディープキスだったろう、と回顧する。

そして、あの緋色の緞帳の隙間から覗き見た男女の交わりが、甘美な思い出の上にフラッシュバックする。

（あれは一体……立花さんはどうしてあんなことをさせているのかしら）

恋焦がれる紳士のはずの立花が、何故《なぜ》あんな淫らなことを許しているのか理解出来なかった。そしてそれを何故瑠璃子だけに教えてくれたのか……キスさえ初めての瑠璃子に大人の思惑が分かるはずもない。

また深い溜息《ためいき》をつき、窓ガラスを曇らせる。

「お嬢様、あの……」

「なあに、佐々木さん」

「口紅が……その、お直しされなくてもよろしいのでしょうか」

瑠璃子は佐々木の言葉にはっとして薬指を唇に添えた。食後はいつも化粧室で丁寧《ていねい》に塗りなおす瑠璃子だが、今夜ばかりはそれも忘れ、激しいくちづけにグロスがすっかり落ちてしまっている。

ミラーに映る佐々木は目深《まぶか》に被った帽子の下から、いつになくねっとりとした視線を投げていた。

第二章　キッチンの吐息

1

あれから幾日たったろうか、朝があけ夜が更《ふ》けるのがとても長く感じられる。

五月というううららかな陽気のせいか、木漏《こも》れ日《び》が眩しければ眩しいほど翳《かげ》は暗く、緑が麗しいほど瑠璃子の心には靄《もや》がかかる。

瑠璃子は立花の感触を唇に甦《よみがえ》らせては、目を閉じてワインセラーを思い浮かべていた。あのキスは、はたして瑠璃子に少しでも好意をもっていたからだろうか、それとも単にからかわれただけだろうか……世慣れしない瑠璃子には男の真意が分からず、大学の授業に身も入らず悶々《もんもん》とする日々が続いていた。

ピアノレッスンを受けていても、ついカデンツを間違えて不協和音を奏でてしまう。大好きなラフマニノフも指が滑って音が飛ぶ。

「ふう……どうしたらいいの」

瑠璃子は自習室のグランドピアノの上で指を止めると、鍵盤にもたれて溜息をつく。黒い鏡面仕上げのスタインウェイのピアノに映る瑠璃子の白い顔は、自分でもはっきり分かるほど物憂げだ。

今日はいつもの授業が休講となり、レッスンがなくなった。夢中でピアノを弾けば気も紛れるだろうが、とても集中できない。

弄《もてあそ》ばれただけなのだろうか、それとも女として認めてくれてのことなのか、瑠璃子は立花の本心を確かめたかった。いや、それ以上に会いたくて仕方なかった。

深窓の令嬢として育てられた瑠璃子には恋の経験すらない。いつもスクリーンやオペラの登場人物に焦がれるだけで、生身の男性とは距離をおいていた。

それが、いきなり接吻され、そしてあの淫らな緞帳の世界を見せ付けられては、何も手につかない。

白いサマーニットに包まれた胸が大きく膨らみ、ゆるりと溜息が漏れる。

申し訳程度の小さなキャップスリーブから覗く二の腕を抱きしめると、豊かな胸はさらに押し出されて丸いラインを浮き上がらせる。

あの夜以来、Vivaceから足が遠のいている。いつもなら週に二度は通っている瑠璃子だが、もう二週間以上も訪れていない。

「思い切って行ってみようかしら、でも……」

瑠璃子は静かにグランドピアノの蓋《ふた》を閉じると、ぼんやりと窓の外を眺める。初夏の夕方四時は、昼のように明るい。

いつもなら授業が終わるのは四時半だ。佐々木はその時刻に合わせて校門に迎えにくることになっている。

瑠璃子は楽譜をバッグに仕舞うと、自習室の電気を消して足早に校舎を抜け出した。


まだ白々と明るい夕方の空の下、都会の森のような木立の中に開店前のVivaceがひっそりと佇んでいる。

瑠璃子は、立花に会いたさに、佐々木の目を盗んで大学からここまで地下鉄に乗って一人でやってきた。白いニットの胸を大きく弾ませ、ベージュのタイトスカートの裾を引き攣《つ》らせ、バッグを抱えてドアの前に立ち尽くしている。

マホガニーの重厚な扉の左右に広がる窓際の席を覗くと、照明は落ち、人気《ひとけ》がない。瑠璃子がラベンダーやデイジーの咲く邸宅の庭のような小径《こみち》を窓伝いに行くと、ガラスの向こうに厨房が見えてきた。すでに仕込みでもしているのだろうか、そこだけぼんやりと明かりが灯《とも》っている。

窓際の席から庭へ通じるガラスの扉に触れると、鍵が外れており内側へと開いた。

「あの……」

瑠璃子は誰もいない空間にむかってか細い声をかける。がらんとした広い室内は返事をする人影もなく、淋しい。

瑠璃子は思い切って中へ足を踏み入れた。赤い絨毯敷きのフロアはヒールの音を包み込んでくれ、安心できる。それでも息を潜め、何かしら後ろめたさにさいなまれながらフロアを横切り厨房を覗く。だが、そこにも立花の姿はない。

(まだ、いらしてないのかしら)

それにしては厨房だけ電気が点《つ》いている。今入ってきたガラスの扉だって開いていたのだから、やはりどこかに立花がいるに違いない。

(もしかして……)

瑠璃子ははっとしてテーブル席の奥に目をやった。グランドピアノは蓋が閉ざされ、いつもの静物画の油絵が掛けられている壁の下に、螺旋階段へ続く手すりが見える。

淫らな記憶に怯えつつも、瑠璃子はそっと歩み寄り、手すりに摑まって階下を窺《うかが》った。

もしかしたら立花はワインセラーにいるのかもしれないと思うと、いてもたってもいられなくなる。

瑠璃子は高鳴る胸を鎮めようと深呼吸をして、階段を降りてゆく。くるりとねじれる螺旋を辿《たど》るとまるで迷宮へ誘われるようで、それだけで喉が渇いてくる。ひんやりとした地下は、まるで別世界のように静謐《せいひつ》に満ちている。

「あの、すみません」

あの日見たのと同じワインボトルが並ぶ光景が目のまえにある。瑠璃子はここで交わした甘いくちづけを思い起こしながら、一歩ずつ、しなやかな足を交差させて進む。

「立花さ……」

瑠璃子の耳に、微かな声が流れてきた。今ではほんの少し聞いただけでそれと分かる、女のすすり泣くようなよがりが細く流れてくる。

瑠璃子は思わず立ち止まってしまった。突き当たりに垂れ下がる緋色の緞帳が、風をはらんだように時折微かに揺れる。聞きたくもない淫らな声が、地下室に響き渡っている。

(何……何なの、まさか、またあそこで)

確か立花はあのドレープの向こう側をＶＩＰルームと呼んでいた。ここはワインセラーとは名ばかりで、実はわけあり男女の密会の場なのかもしれない。そう思うと合点がいく。

瑠璃子は眩暈《めまい》を覚えながらも、艶かしい吐息に魅《ひ》かれてふらふらとカーテンに近づいてゆく。

ためらいつつも、おそるおそるそっとカーテンの隙間をあけて中を覗き見る。そこではまたもや知らない三人の男女が絡み合っている最中だった。

柔らかなウエーブの髪を乱した三十代くらいの女が、床に四つん這いになっている。前に立つ男の股間に顔を埋《うず》め、肉茎にしゃぶりつきながら、バックからもう一人の男に突き上げられている。

女は細身の体に不釣合いなほどたわわなバストを弾ませて、二人の男の間で妖しく女体をくねらせている。

「……！」

瑠璃子は息を呑んで、カーテンを出来るだけ細くあけて知られぬように広間を覗いた。

上品な顔立ちは、いかにもどこかの令夫人といった楚々とした雰囲気を醸し、白い体も美しい肌をして手入れがよく行き届いている。そんな女性が、動物のような体位で肉欲に溺《おぼ》れてよがりをあげる姿は、瑠璃子にとって衝撃だった。

この前とはまた違う、もっと挑発的な光景に、瑠璃子は全身の毛穴から濃い汗を滲《にじ》み出し、見守るしか出来ないでいる。立花を探すことも忘れ、目の前に繰り広げられる淫らなシーンに釘付けとなる。

女は息苦しいのか、口をぱくぱくあけてグロテスクな肉杭を外そうとする。顔を左右にいやいやと振り、顎を突き出して喘いでいる。だが、前に立つ男は容赦なく女の頭を押さえ込み、もう片方の手でペニスを支え持つと、赤い唇にねじ込んでゆく。

背を丸めて女が噎せる。激しい咳き込みに腹がへこみ、唇からはだらしなく涎《よだれ》を垂らしている。美しい髪が頬に張り付き、涎の糸が引いているのが遠目にも分かる。

だが、男は苦しむ女を面白がるように髪をひっ摑み、股間に顔を押し付けてゆく。低い、動物のような女の呻きが聞こえ、喉奥に肉棹がぶつかる水っぽい音がする。やがて女は観念したのか、弛んだ唇から涎を垂らしながら、太い茎を口でしごきはじめる。

（ああ、なんてこと……お口でするなんて……嫌がっているのかしら、それとも）

女は眉間《みけん》に縦皺《たてじわ》を寄せながらも、頬をへこませ差し込まれた棒にしゃぶりついてゆく。根元から先っぽまで、ゆっくりと舐りながら吐き出してはまた吸い込む。

女を背後から責める男が、大きく突き上げた。

肉棹をしゃぶっていた女が金切り声をあげる。と、また前の男が外れたペニスをねじ込んで口を塞ぐ。

男どもは卑猥な言葉を吐き、声をたてて笑って女を陵辱している。むっちりと桃の果のような白い臀に男の指が食い込み、パンパンと乾いた音とともに女が前に突き動かされる。

女は全身で男を感じながら、ふたつの穴に栓をされて自由を奪われた姿で昂ぶってゆく。

（あ、あ……すごい……あんなに揺れて、ああん、お尻をあんなに打たれて）

瑠璃子は割れ目の奥からじんわりと生温いとろみが湧いてくるのを感じながら、目を離せずに立ち尽くしていた。

はじめこそ抗っていた女も、次第に艶かしく腰をくねらせ、ついには自ら棹にしゃぶりついて尻を差し出している。

犬のような四つん這いを強《し》いられ二本の肉茎で責められることが、そんなにも心地よいものなのか、瑠璃子は頭では理解出来ずにいるが、体の中心がきゅう、と締まるのを感じて思わず目を細めた。

なにか硬かった芯が蜜とともに蕩《とろ》け、花びらがほどけるように秘所がやわらかく捲れてくる感覚に捕らわれる。触れられもしないのに、女陰の重なりが厚ぼったく充血し、じんじんと痺れてきてむず痒くなる。

瑠璃子はタイトスカートの中で強張らせた腿を交差させ、Y字のあたりを圧迫してみる。遠い刺激が物足りないが、疼いて仕方ない割れ目をすこしでも鎮めてくれる。

そうでもしないと柔になった秘裂が落ち着かず、思わず手を伸ばしたい衝動に駆られる。

あの夜、同じような光景を見せ付けられたあと、立花に受けた接吻が唇に甦る。いや、唇だけではない、肩に、背肉に、乳房、そして腰に、立花に抱きしめられてさざなみだった肌という肌が熱い血潮を思い出して過敏になってくる。

「んんっ……」

息を潜め見入る瑠璃子は、妖しい情景に体の奥が蕩け、思わず声を漏らしてしまった。真珠のイヤリングが揺れる耳たぶが染まる。

「何をしているんです」

瑠璃子は低く押し殺した男の声に振り向いた。すぐそこに黒いスーツ姿の立花が立ち、咎《とが》めるような瞳で瑠璃子を見下ろしてくる。

いつもは明るく社交的な立花だが、背が高い分影を引き摺《ず》っている。浅黒く日焼けた顔にダークスーツを纏っているから余計に凄味《すごみ》を増す。

「まだ開店前ですよ」

立花は手を伸ばして緞帳をきっかりと閉じると、瑠璃子を窘《たしな》めるように無言で見つめる。

立花への恋心が募っていた瑠璃子は、恥ずかしい出会いに瞼を伏せて唇を嚙《か》んで大人しく俯くしかない。

「さあ、上へ」

「……はい」

瑠璃子は乱交現場を覗いていたことを知られ、うなだれるばかりだ。立花に背を抱かれて階段を上がっても、ときめきより恥ずかしさが先立って何も分からない。

「大人の愉しみを、勝手に覗いてはいけませんよ」

立花の声は屈託ないが、瑠璃子は子ども扱いされているようで悲しかった。

2

一階へ戻る立花につきしたがい、瑠璃子は黙って歩く。本当は立花恋しさに訪れたのに、カーテンの奥を覗いていたところを見咎められ、さらに子ども扱いされて、言葉に出来ない。会いたかった、の一言を素直に伝えるチャンスを失ってしまった。

明かりも灯らず誰もいないフロアを横目に、立花は厨房へ向かい、ふと立ち止まる。

「どうなさったんです、こんな早くに、それもお一人で見えるなんて」

先ほどから無口な瑠璃子を心配したのか、語調がやさしい。

壁や棚にフライパンがならぶ厨房で、広い台にもたれるようにして立花がこちらを向き微笑みかける。いつもとちがう舞台裏に通され、立花と真正面から向き合う瑠璃子は、ちら、と見つめてはまた視線を下に落とす。

「まさか地下室にご興味をお持ちになったんじゃないでしょうね」

瑠璃子は、ただ立花に会いたかったのだ、という一言がいえなくて、話が違う方向へいってしまうのを止められない。

「そんな、そんなこと私」

誤解される恥ずかしさともどかしさで唇を軽く嚙む。濃い睫が震えて頰に影を落とし、美しい面立《おもだ》ちに憂いを湛《たた》える。

まだ空調の効いていない部屋は暑く、ただでさえ緊張している瑠璃子の肌にじっとりと汗が滲んでくる。

「ん？　お嬢さんには刺激がきつすぎましたか」

立花の試すような視線が意地悪く感じられて、瑠璃子は上目がちに見つめ返す。好きな人にそんな風にからかわれて、瞳が潤んでしまう。頰を林檎《りんご》のように染めて震えるいじらしい姿が立花を焚《た》き付けることなど気付きもしない。

「いえ……でも、どうしてあんなこと……」

自分の声が震えていることに気付き、瑠璃子は首筋まで朱に染める。なだらかなデコルテも淡いピンクがかり、その先にこんもりと盛り上がる胸の丸みが若々しい弾力に満ちている。

いくら背伸びしようとしても、初心《うぶ》な瑠璃子にはそれだけ言うのが精一杯だった。今、誰かにどこかをつつかれると、それだけで涙が溢れそうになる。

瑞々《みずみず》しい果実は、無防備なまま立花の前で立ち尽くしている。

「ふふふ、伊集院様もお来しになりたくなったら、いつでも私に声をかけてください」

立花はそう言って一歩歩み寄った。逞《たくま》しい上背が迫り影を作る。

「でも、あのことは誰にも秘密ですよ、いいですね」

もう一歩近寄った立花の靴先が瑠璃子のヒールに触れたかと思うと、瑠璃子は抱きすくめられ、ステンレス台に押し付けられた。

口髭の下の薄い唇が笑みを浮かべたところまでは覚えている。そこから先は瑠璃子は瞼を閉じてされるがままに接吻を受けた。

前のときよりも幾分荒々しく、立花は唇を擦り付けてくる。

たった今垣間《かいま》見た地下室のうごめきを瞼に描きながら、瑠璃子は迫り来る立花に男を感じて身を強張らせる。

スーツ越しにも厚い胸板が感じられ、背中に回った腕に抱き寄せられ肺が押しつぶされそうになる。

瑠璃子は二度目のくちづけはファーストキスよりも上手に受けようと、背伸びして立花に唇の動きを合わせてみせる。

薄い上唇が瑠璃子の唇を捲り、前歯に触れる。唇の裏の粘膜は唾液でぬらつき、立花の唇を濡らしてゆく。ぴちゃぴちゃと冷たい音が響き、耳裏がぞくっと寒くなる。

立花の急《せ》いた舌が左右に振れながら、歯茎と唇の間の溝を這ってくる。

「むうっ……ふうう」

瑠璃子はくすぐったさに声を漏らしつつ、不自然に歪められた口元を恥じて眉を寄せる。

やさしいキスを描いていた瑠璃子は、口を無理やりこじ開けられ、切ない声を絞り出す。

舌はつぎに上の歯茎を丁寧に舐り、唇とのわずかな隙間を埋めてくる。

強張っている瑠璃子の口の中に、立花の温かなざらつきがもぐり込み、舌と舌が絡み合う。

「むううん、ぬふっ」

執拗な口付けに息継ぐこともままならず、瑠璃子は口を大きくあけて空気を吸い込もうとする。だが、それに応じて立花もまた口を開き、瑠璃子のさくらんぼのような唇を食んでくる。

尖った舌先がドーム状になった上顎の畝《うね》をくすぐり、突いては撫でつけるようにくすぐるにつれ、瑠璃子はうっとり口元を弛める。

立花の膝が震える瑠璃子の脚の間にねじ込まれた。ステンレス台に押しやられた瑠璃子は、それ以上後ずさることも出来ず、されるがままに膝を開かれ、タイトスカートの裾に無数の皺を寄せる。

ベージュのスカートは引き攣れ、ストッキングに包まれた腿があらわれ、うすぐらい厨房の中で白く映える。

（いやっ……どうするの）

まだ男を知らない瑠璃子は、男女が肉の関係になるまでのプロセスにも疎い。立ったまま体を擦り付けてくる立花に怯え、小鹿のような細い足首を震わせている。ピンヒールの踵《かかと》がぐらつき、エナメルの爪先が艶やかに光る。

怖さと歓びが同時に瑠璃子に去来し、心臓が飛び出しそうに脈打つ。

「ふううっ」

立花が背中に回した腕に力をこめて引き寄せたため、肺が押されて低い息が漏れる。

「秘密に、してくださいますね」

立花が念を押して耳元に囁く。

瑠璃子は地下室で繰り広げられる淫らな宴を誰にも言わないことを誓って、微かに頷《うなず》いた。

憧れている立花にノーと言えるはずもない、それに、瑠璃子からそんなことを人に漏らせるわけもない。

立花は素直な返事に安心したのか、腕の力を抜き掌を広げて背中を撫でてくる。まるで幼女を宥めるように、大きな手で髪を撫で、背に触れてくれる。

「お分かりいただけたらいいのです」

瑠璃子は肩まで垂らした柔らかな髪を愛撫され、すこしずつ気持ちが落ち着いてきた。何故こんな約束をさせられているのだろうと疑問が湧いても思考がまとまらない。いまはただ愛《いと》しい手に、指に触れられる悦びに浴していたい。

立花の手が前に回り、ニットの上をウエストから這い登ってくる。

「あ、あ……」

節くれだった指が服上から肉の張りを確かめるようにゆっくりと前進してくる。五本の指を広げ、あばらから胸の下弦にかけて伝い昇る感触に、瑠璃子は目を閉じて耐える。恥ずかしさとうれしさが交錯し、ただ受身でいるしかない。初めて触れられる興奮に肌がさざめき立つ。

ステンレスの縁を摑む瑠璃子の手が汗ばんでくる。

豊かな胸が大きな掌に包まれる。白いニットに立花の指が食い込み薄い生地にブラジャーのレースが透ける。

「んふっ、あ、た立花さん」

立花は無言でたわわな胸を下から持ち上げるように押し揉《も》み、弾力のある饅頭を捏《こ》ねてくる。

目を閉じていても、中指と薬指の間で小さな突起が顔を擡《もた》げてしまうのが分かる。時折立花の指に触れ、なんともいえない刺激が走る。

「ああ、感じていますね」

立花に囁かれても瑠璃子にはよく分からない。ただ、自分でも未知の女体の変化を察知された恥ずかしさに、黙っているしかない。

立花は指の谷間に飛び出してくる小さな粒を見つけ、指に挟んで愛撫する。きゅっ、と両端から挟まれると、えも言われぬくすぐったさが乳首に湧き起こり、鳥肌が立ってくる。

「ほら、こうされると気持ちがいいでしょう」

瑠璃子の表情を愉しむように、立花が何度も二本指を狭めては広げ、中の突起を刺激する。きゅっ、と挟まれるにつれ、下の割れ目もきゅう、と絞まり、鋭い心地よさが体を突き抜ける。刺激されるほどに乳首は凝り固まり、もっと膨らんできてしまうからやっかいだ。

立花は重量感に満ちたバストを持ち上げると、今度は親指の腹でするするとてっぺんを撫でてくる。茎を挟まれるのとはまた違う、心地よい摩擦が背筋へ、内腿へ広がってゆく。

「見てごらん、ニットから透けて勃《た》ってきてるよ」

瑠璃子はいやいやとかぶりを振って瞼をきつく閉じた。そんな恥ずかしい姿を見たくはなかった。耳に聞かされるだけで充分体は火照り、また一段と豆粒が尖ってしまう。

（言わないで、立花さんて、そんないやらしいこと言う人だったの？）

心の中では問いかけることが出来ても、言葉に発することが出来ない。喉元まで来ている声を発するのさえ勇気がいる。

「見ないの？　じゃあ、もっと見せてあげよう」

意地悪な立花はウエストに手を滑らせると、ニットを捲り上げはじめる。じかに触れる立花の手は意外に冷たく、瑠璃子はひやっとした触感に思わず腹をへこませて腰を引いた。

「んふっ、い、いや……」

だが、甘い鼻にかかった声では否定も肯定に聞こえてしまう。ニットが迫《せ》り出した胸にひっかかり止まったが、立花が布を引っ張り持ち上げると、ふたつの丸い玉が弾んで躍り出た。

「はああっ……」

白い総レースの3/4カップブラに乗っかる胸は、ひとつひとつ丁寧に紙に包まれた果実のように熟している。ふたつの丸みは谷間が擦れるほどひしめき、瑠璃子の華奢な雰囲気に不釣合いなほど実っている。レースからほんのり覗く乳輪のピンク色が愛らしい。

「きれいなランジェリーですね。純白に透けるピンクが美しい」

瑠璃子は、乳首の色を指されていることに気付き、恥じらいに顔をそむける。首を捩るほどに、喉からデコルテにかけてのラインが美しく浮き上がり、立花が鎖骨に唇を這わせてきた。

「んくうっ……はああ」

瑠璃子が仰け反ると、それだけ胸が迫り上がり立花の胸板に触れる。

ニットは顎の下まで捲り上げられ、繊細なレース一枚だけが果肉を覆っている。そのオブラートのような薄い刺繍《ししゅう》布の中で、小指の先ほどの粒が赤紫に染まっている。

立花がカップを縁取るレースを外側へ折り、そろりと捲ると、それだけでぷっくりと芽吹いた乳首が飛び出す。

「ほうら、見てごらん、こんなにしこっている。お嬢さんは感じやすいのかな」

言いながら立花が指先を鉤《かぎ》の字に曲げて尖りを突いてくる。

「ふううっ！　んぬう、はあっ……」

硬い茎は突かれて左右にへしゃげるが、すぐに元通りになる張力を保っている。弄られるほどに硬さが増し、さきっぽから痺れるようなむず痒さが湧き起こる。

瑠璃子は内腿を擦り合わせて、割れ目の奥に広がる妙なる心地よさに耐えている。それにつれて内腿からへソ裏辺《あた》りにかけてうっすらと気持ちよさがこみ上げる。

「ああ、気持ちいいねえ。おっぱいをクリクリされたら、お尻が動いちゃうんだねえ」

「いやあ、言わないで……私、そんな」

「どうれ、確かめてみよう」

瑠璃子は一体何をされるのか分からず、ただ確かめるという言葉に身を硬くした。男に触れられることすら初めての瑠璃子には、意味するところが分からない。

「え、な、何を……んんっ」

立花の口髭が乳首を掠《かす》めた。思いのほか柔らかな刷毛《はけ》のような感触がざわり、と往復で撫でる。毛足が短いだけに少しばかり刺激が強く、むず痒いところを優しく掻いてくれる。

見下ろしたすぐそこに立花の顔が埋まって左右に首を振っている。きれいに櫛目《くしめ》を通した髪がはらりと額に垂れるのも構わず、無心に髭を擦り付けるさまは、母親の乳房にむしゃぶりつく子どものようだ。

「ん……ああん、たちば、な、さ……」

髭に愛撫された乳豆を、生温かなぬめりが襲う。

薄い唇を開き、舌先を尖らせた立花が小さな凸を下から上、上から下へと舐め弾いている。ぬらりと光る細い舌は器用に小刻みに震えながら頑《かたく》なな木の実を唾まみれにしてゆく。

瑠璃子は乳首が唾液に塗れ、卑しく光るさまから目を背けた。

乳首を吸いたてる密やかな音がぴちゃぴちゃと響き、瑠璃子は恥ずかしさに身を捩って抗う。卑猥な音を聞かされるほどに己が淫らさを思い知らされるようで、唾の弾ける音が瑠璃子を責め立てる。

「あん……や、やめて……」

だが、震えるか細い声は、むしろ悦びに裏返っているように思われかねず、かえって立花を焚きつけてしまう。

立花が前歯を立てて軽く乳首を嚙むと、そのままひっぱって下から見上げる。いやらしく伸びた円錐は、乳輪だけがほんのりピンク色を残し、先っぽは歯に挟まれて見えない。

「はあっ」

極度の恥ずかしさに、痛みさえ分からず瑠璃子は声を堪《こら》えてされるがままに身を委ねている。立花に弄られる悦びと恥じらいと恐れがない交ぜになり、どうしていいか分からない。

愛らしい木の実は立花の口に含まれ、舌の上で転がすように弾かれる。どうだ、といわんばかりの強い視線が瑠璃子を襲う。

立花の手がタイトスカートを乱暴に跳ね上げ、内腿の間に潜り込んできた。ナイロンのストッキングは滑りやすく、ごつい手がたやすく腿と腿の間に沈み込む。

「あ、や……いやぁ」

胸まではどうにか堪えたものの、下半身を撫でられ瑠璃子は身震いして大きく肩を揺らして抗った。ふたつの果実が弾み、乳首を吸いたてる立花の頬を打つ。

だが、何事にも動じない立花は、瑠璃子の最大の抵抗にも平然とし無言で内股を撫でてくる。縦に差し込まれた掌がそのまま割れ目に向かって遡上《そじょう》してくる。瑠璃子がいくら踏ん張って股を閉じたところで、所詮男の力には敵《かな》わず、いとも簡単にこじ開けられていく。

「どうれ、湿り具合はどうかな」

ストッキングのシームの筋に沿ってなぞる指先に力がこもり、柔らかな秘肉を掘ってくる。パンティの上から縦筋を掻かれ、恥ずかしさに膣口がわななく。

「いやぁ……よして」

スカートは腹の上までたくし上げられ、ナイロンに包まれてぬらりとてかる尻が薄暗い厨房に妖しくくねる。むっちりとした太腿は強張り、ふくらはぎが小刻みに震えている。

乱れた服に寄る無数の皺が、何も纏わない姿よりもかえって艶かしい。

瑠璃子は淫らな指から逃れようと、ヒールの爪先を何度も踏みならし、床を蹴《け》って抗って見せたが、後ずさりしても臀たぼにステンレス台が食い込むばかりだ。

「ここですね、ああ、ほら、じっとりしてる」

ナイロンに包まれた秘所はじわっと湿り、パンティの船底から恥ずかしい汁が滲み出ている。それが汗でないことくらい瑠璃子にも分かっていた。

中指の腹が割れ目を押し込むように下から上へ何度も繰り返し摩擦してくるにつれ、瑠璃子は観念したように力を抜いた。いや、抜けてしまったのだ。執拗な摩擦を受けるうち、パンティの中で折りたたまれていた肉ビラはやわやわと解《ほど》け、フリルの谷間に眠る真珠粒が遠い刺激に心地よさを感じてしまった。

「あ、あん……はああっ、いやあ」

苦悩を滲ませていた美しい顔が、次第にうっとりと眉間を開き、口元を弛ませてくる。

（いや）と言う台詞《せりふ》もいつしか色を帯び、口走りながらも下半身は遠慮がちに揺らいで、中から蜜が蕩けてくる。

乳首と割れ目を同時に刺激され、瑠璃子は感じたことのないほどの恥ずかしさと心地よさの間で揺れていた。

立花の鼻先が白い胸に減《め》り込み、唇を尖らせて赤い実をちゅっ、と音をたてて啄ばむ。卑猥な笑みを浮かべる立花の口からねっとりとした唾が透明の糸を引いている。

その間にもストッキングの上から絶えず縦筋をなぞられて、瑠璃子の尻は白蛇のように無尽にくねる。はじめこそ指から逃れようとしていたものの、いつのまにか心地よい刺激に捕らわれ、割れ目を弄って欲しくて自ら擦り付けていってしまう。

指を中心に、そこからうねるような快感の波が広がってゆく。ちょうどフリルに覆われたクリトリスが指圧され、押されるだけで女陰が心地よい脈を打つ。

「おやおや、お嬢さんのほうから欲しがるなんて」

立花は指を止め、こんもりとした恥丘に宛《あて》がうだけで動かそうとしない。

「んふう、あ……ん、立花さん」

膣内が激しくうねり、ぬらりとした粘液を分泌するのが分かる。瑠璃子は切なげに眉を八の字に寄せ、唇を半開きにして訴える。初めて味わう快感の波がすぐそこまでこみ上げているのに、焦《じ》らされては堪らない。

「どうしました」

あくまでも落ち着いた声が訊ねるばかりで、立花は指を止めたまま瑠璃子を焦らしてくる。

「ねえ、ねえ……」

瑠璃子は腰を前へグラインドさせ、身をゆすって立花にねだる。そうしていると割れ目に宛がわれた指が秘所に擦れて、うっすらと心地よい。

ナイロンの上からだというのに、ぬちゅぬちゅと水っぽい粘液の音が耳まで届き、恥ずかしさにまた奥が締まる。締まれば蜜が搾《しぼ》り出されパンティを濡らす。

「欲しいなら欲しいと、言ってごらん」

耳殻に熱い息をかけられ、瑠璃子は鳥肌を立てて肩をすくめる。がっしりと抱きすくめられ身動きひとつとれない体で、腰から下だけを前後に揺らして応える。小刻みな腰の動きがかえっていやらしく、楚々とした瑠璃子の控えめな欲情を表している。

だが、体で求めても立花は頑として指を動かしてはくれない。

すっかり充血した花びらは、痺れとむず痒さに襲われ弄って欲しくて堪らない。初めて味わう体の変化に戸惑いつつも、言われるがままに従うしか術がない。

「いや、立花さん、いや……欲し、い……欲しいの」

瑠璃子はこれ以上の焦らしに耐え切れず、涙を滲ませて恥ずかしい言葉を口にした。

「よく言ったね、じゃあ、ご褒美をあげよう」

立花はにやりと唇の端を上げると、コリコリに勃った乳首に歯を立てながら、ストッキングのシームに沿って割れ筋をなぞりたてる。

「ふううっ！　ああん、立花さんっ！」

突然の衝撃に、瑠璃子は思わず立花の首にすがった。腰から下が蕩けそうで、こうでもしていないと立っていられない。激しい摩擦に小柄な体が揺さぶられ、裏返った声が途切れる。

「あ、あ、あ、いやぁ、い、や……」

瑠璃子は小鼻を膨らませ顔を真っ赤に染めて首を振った。湧き上がる心地よさに自分がどうなってしまうのか怖かった。変なところを触られて感じてしまう自分が卑しいもののように思えてどうしたらいいか分からない。

だが、心とは裏腹に体は素直に反応し、乳首から、割れ目から鋭い快感が幾筋ものパルスになって瑠璃子の中を駆け抜ける。

胸にしゃぶりついたまま下から窺うような目で見つめてくる立花と目が合い、瑠璃子は全身を朱に染める。

どうだ、といわんばかりの冷静な眼差《まなざ》しに晒され、女体に一気に火がついた。

「ああ、立花さん、ねえ、私、ねえ、あ、あ、ああっ」

瑠璃子の腰が止まり、床に脚を踏ん張った。太腿が痙攣《けいれん》し、爪先立ちする足首が細く締まる。

女陰の奥がぎゅう、ときつく締まり、膣筒がでんぐり返しするようにうねった。内臓が震え、体の芯に熱い滴りが沸々と滾《たぎ》る。

瑠璃子は立花の首に巻きつけた腕に力をこめ、爪を立てた。どこかに摑まっていないと落ちてゆきそうだった。背を仰け反ったまま動きを止め、湧き上がる衝撃を受け止める。

下腹部からこみ上げる心地よい波が子宮の奥へ貫き、背中へと駆け抜け、耳が聞こえなくなるほどの浮遊感に包まれる。

「はああっ！……」

腿が強張り攣りそうになりながら、走り抜ける快感に打たれる。

初めてのアクメに達した瑠璃子は、膝が立たず、その場に崩れ落ちそうになるのを立花に抱きとめられた。

「ふふふ、立ったままでなんて、お嬢さんもお好きですねぇ」

快感に包まれ意識が薄れてくる瑠璃子は、皮肉な笑いを浮かべる立花の言葉も聞こえない。ただ朦朧《もうろう》として深い息を吐き、寄せては返す心地よい波間にうっとりと腰をくゆらせる。

「ふうう……」

「さあ、もうすぐ開店です、準備をしなければ。それに地下のお客様にもそろそろお飲み物を振舞いませんと」

立花はオーナーの顔に戻って、首に纏わりつく手を解き瑠璃子を立たせると、捲れたニットを直して穏やかに微笑みかける。

瑠璃子はタイトスカートの裾を直しながら、今もまだ地下で繰り広げられている淫らな情交を思い起こし、何か言いたげに唇を半開きにする。何も知らなかった先ほどまでは、男女の交わりなどただ忌まわしいとしか思えなかったのに、立花に愛撫を受けたことで瑠璃子は肉の悦びに魅了されてゆく。

「もう、行ってしまうの」

このまま一人で夜空の下に帰される虚《むな》しさに、ついすがってしまう。一度でも愛撫された記憶が体に染み込み、離れがたい。

「ええ、申し訳ありませんが、あのカーテンの奥にいらっしゃるのは特別なお客様ですから。無論、伊集院様はもっと大切なお方です。でも……VIPルームはお嬢さんにはまだ早そうですね」

カンの鋭い立花は瑠璃子の心情を読み取ったのか、敢《あ》えて突き放した物言いで焦らしてくる。

父親の庇護の下で何でも与えられてきた瑠璃子にとって、生まれてこの方手に入らないものなどなかった。だが、立花はそんな瑠璃子に、まだ早いからといってVIPルームを許してくれない。

瑠璃子は今、初めて自分にも手の届かないものがあることを知った。と同時に、いつかあの緋色のカーテンの向こうに招かれたいと無性に思った。

まだ痺れる腿を引き摺るようにしてガラス扉を抜けると、瑠璃子はもう一度振り向いて立花に微笑んだ。そして白い花のように可憐に手を振りながら、淡紺色の空の下に消えていった。

第三章　夜のドライブ

1

「やはりここにいらっしゃいましたか、お嬢様」

瑠璃子はVivaceの前に立つ佐々木を見て、驚いて息を止めた。先ほどまで嵐のような愛撫に溺れ佐々木のことなど頭になかったが、そういえば黙って何も告げずに大学をぬけだしたこと思い出した。

すっかり薄暗く暮れた初夏の空の下、都心の木立の道路脇に止まる黒塗りのロールスロイスが冷たく光っている。

「佐々木さん、どうしてここが」

瑠璃子は、店の前に立ち尽くしたまま足を止めている。まだ体のあちこちに生々しく残る立花との交わりの痕に感づかれはしまいかと、どきどきして佐々木と距離を置いている。

「大学の校門前でお待ちしていましたが、いつまでたってもいらっしゃらないので不思議に思ったのです」

「ご、ごめんなさい、突然休講になったの、それで」

佐々木の憮然《ぶぜん》とした表情を見ると、立花との逢瀬《おうせ》を知られているようで、いくら説明しても声がうわずってしまう。

「そういった場合はご連絡をいただきませんと」

「そうね」

でっぷりとした顎を見ると、瑠璃子はすこし苛立《いらだ》って言葉を短く切ってドアに近づいた。本当なら佐々木を振り切って歩いて帰りたいくらいだが、これ以上勝手に振舞うと父親に告げられてしまいそうだ。

佐々木はいつも通り丁重な物腰でドアを開けると、瑠璃子の足が納まるのを確かめて静かに閉める。

瑠璃子はまだ少し引き攣れているスカートの裾を直して革張りのシートにかしこまって座る。内腿の汗ばんだ感触が気持ち悪いが、そのぬめりは汗だけでないことを知っている。

佐々木が静かに車を出す。

(あら、亜弓先輩?)

流れゆく車窓に、Vivaceの前に浮かび上がる若い女性の姿があった。今夜もピアノ演奏のアルバイトに訪れたのであろう亜弓と目が合った瑠璃子は、その眼差しがいつになく鋭く瑠璃子を睨《にら》みつけていることに一抹の不安を覚えた。

ロールスロイスは夜の街を縫うように走ってゆく。ハンドルを握る佐々木はいつもと変わらず無口だが、今夜にかぎってはその沈黙が妙な圧力をもって瑠璃子に押し寄せてくる。

自宅まで三十分以上も時間がある。いつもなら譜面を読んだり音楽を聴いたりして過ごすが、そんな気にはなれない。暇さえあれば立花の感触や息遣いを思い出し、窓ガラスに額をつけてうっとりしてしまう。まだ痺れの残る太腿は、時折名残《なごり》のような震えが走り、秘所をすぼめるとほんのり心地よさが甦る。

ベージュの革張りシートは弾力がありすぎてかえって据わりが悪く、スカートとストッキングの間に時折出来るわずかな空間が、布の湿りを冷やして気持ち悪い。つい今しがた立花の指に溺れたばかりの女陰は、パンティの中で折りたたまれて乾くことを知らない。

瑠璃子は窓に映る熱っぽい表情を悟られはしまいか気にしながら、ため息でガラスを曇らせる。

初めて触れられた乳房や内腿が、いつまでも鳥肌をたてて切ない叫びを上げている。憧れの立花と触れ合えて、本来ならば嬉しいはずなのに波のように寄せる不安は何故だろうか、答えが出ない。女性は誰もがこんな悲しいような嬉しいような複雑な気持ちになるのだろうか、と思い巡らせる。

　瑠璃子は腕を交差させて二の腕をそっと抱き寄せる。

「Vivaceはまだ開店前でしたが、中で何をされていたのです」

　佐々木の低い声が、暗い車内に響く。

「……何って、別に」

　いけないと思いつつも、つい反発心が先にたって曖昧な返事をしてしまい、瑠璃子は後悔した。バックミラーに映る佐々木を窺い見ると、目深に被った帽子の下で鋭い目と目があい、瑠璃子はすぐさま視線を外す。

「随分長い間、中にいらっしゃいましたね」

　佐々木の語調が強くなってくる。いつからVivaceの前で車を止めて待っていたのだろうと思うと、瑠璃子は膝とシートの間がまた汗ばんでくるのを覚えた。

「何をされていたのです」

「立花さんと、お話ししてただけよ」

「…………」

　無言の圧力がさらに車内の空気を重苦しくする。

「お話、ですか。どのような」

今までこんなにしつこく問いただされたことはなかったので、佐々木の反応は普通ではなかった。ただの従順な運転手だったのに、俄然《がぜん》存在が大きくなる。こと、密室の中で、しかもハンドルを握られていると思うと瑠璃子は下手《へた》なことは言えなかった。

「ちょっと、教えて欲しいことがあって聞きにいっただけよ」

「教えて欲しいこと、とおっしゃいますと」

いくら感情を抑えて丁寧に答えてやっても、佐々木はさらに問い詰めてきて、失礼にさえ思えてくる。瑠璃子は二の腕を抱く指に力をこめて、ピンクの爪先を食い込ませる。

「大したことじゃないわ」

「……おっしゃれないような内容ですか」

佐々木の声が湿り気を帯び、バックミラーの中に映る口元がにやりと歪む。まっすぐ前を向いた無表情な後姿がかえって不気味に大きく見える。

不躾《ぶしつけ》な言い分が耳障りで、瑠璃子は胸が高鳴って仕方ない。腕に挟まれ寄せられたバストが大きく迫り出し、白いニットの布目を押し広げている。呼吸につれて盛り上がる膨らみが、こんなときにまで立花に抱きしめられた記憶を甦らせ、瑠璃子を切なくさせる。

初めての経験に頭の中がいっぱいなのに、佐々木に問い詰められて答える余裕などない。

今はうっとりと甘美な思いに浸っていたいのに、無粋な男はほうっておいてくれる気配はない。

「……お父様がご心配されますよ」

「え……？」

思わぬ発言に、瑠璃子は気色《けしき》ばんだ声をあげた。何故ここに父親のことを持ち出すのか、佐々木の考えていることが分からなくなり心中落ち着かない。

「あんな男と、お嬢様があんなことをなさると知ったら、厳しいお父様がどう思われるでしょうねえ」

佐々木はいやらしいほど慇懃《いんぎん》にそう言うと、動じることなくハンドルをゆっくりと回した。いつもなら右に曲がる交差点で大きく左に切り、ヘッドライトが知らない街並を映し出す。

瑠璃子は下唇を噛み、後部座席に身を縮めて窓に擦り寄っているしかなかった。立花のことをあんな男と蔑まれたことも腹立たしいが、いつの間にどのあたりまで知られていたのかと思うと、喉はカラカラに渇き、舌の根が上顎にくっつきそうだった。そういえば接吻を交わして立花の唾液に塗れただけで、大学を出る前から何も飲んでいない。

「お父様には言わないで欲しいの」

瑠璃子は屈辱をかみ締めながらも、下手に出て懇願せざるをえなかった。いつも大人しい佐々木がこうまで言ってくるのは尋常ではない。ほうっておいたら本当に告げ口されるかもしれない。

「秘密にしておけ、とおっしゃるのですか」

車は闇を切って知らない街をどんどん進んでゆく。遠回りするのだろうか、どこへ行くのだろうか、瑠璃子は次なる不安に苛《さいな》まれて腿が震えて仕方ない。淫らな関係を知られ顔は火が出そうに熱いのに、パンティの船底はまだ乾いておらず、びちょびちょに濡れて割れ目が冷たい。

「ええ、お願いします。父には黙っておいてください、心配かけたくないの」

最後の一言はいかにも付け足しのようで、言い訳めいている。

腰を低くして頼めば頼むほど自分がいけないことをしてきたのだと知らされるようで居心地が悪い。せっかくの甘いひと時が佐々木によって苦い思い出に塗り替えられるのが悔しかったが、弱みを握られては大人しくするしかない。

「分かりました、いいでしょう」

いつの間に立場が逆転したのか、上から目線の佐々木が憎らしい。

青い信号がどこまでも続き、車はノンストップで南へ向かう。

「どこへ行くの」

「少し道を変えてみました」

佐々木はそっけない返事をすると、それ以上は口をつぐんでかしこまったまま前を向いている。

「ど、どうして……遠回りじゃないの」

「お嬢様のお願いを聞くかわりに、私からのお願いも聞いていただきたいと思いまして」

有無を言わせぬ迫力が、瑠璃子を黙らせる。

バックミラーに映る目と目が合う。佐々木は目元に皺を寄せて卑猥な笑みを浮かべ瑠璃子をじっと見つめてきた。

2

倉庫街のような四角い建物群の間を縫うようにして、運河沿いを進むと、やがて目の前が開け海に出た。

穏やかな水面は静かにさざなみ立ち、対岸のネオンの赤や青が映っている。

少し道を離れただけで、都心とは思えぬ湾が開ける景色に驚く。人工的な自然とはいえ、水辺は心を癒してくれる。だが、今夜はそんなことを言っている場合ではない。

日中ならば人影もあるだろうが、夜ともなれば暗い帳《とばり》にすっかり包まれて、遠くに架かった高速道路に流れるテールランプだけが光源だった。

「夜の海もきれいですね」

佐々木は大きなコンクリート造りの倉庫脇に車を止めると、エンジンを切った。エアコンも切られた車内に、ひたひたと静寂が訪れる。

「ど、どうする気」

こんな場所に止めて、しかもエンジンまで切って佐々木はこれから一体どうする気なのか、動転する瑠璃子には分からなかった。ただ、一刻も早くここから逃げ出したかったが、地理も分からぬ上に夜道が怖くてとても一人では帰れそうにない。

佐々木はやおらシートベルトを外すと、制帽を脱ぎ、ドアを開けて降り、後部座席に乗り込んできた。

佐々木の重さで革のシートが沈み込む。初めて佐々木と並んで座る瑠璃子は、出来るだけ窓際に寄って距離を置こうとする。密室の中に二人きりでいると思うと、怖さで胸が高鳴ってしまうのを感づかれたくはない。

「私のお願いもお聞きいただけますか」

「何、何なの、お願いって」

だが、佐々木はそれには答えず、黙って手を瑠璃子の膝に伸ばしてきた。

瑠璃子は予期せぬことに驚いて身を強張らせ、タイトスカートの腿をきつく閉じた。だが、ぴっちりと体にフィットしたスカートは二本の腿の輪郭をくっきりと浮き立たせ、恥丘の盛山までありありと分かってしまう。

されるがままの瑠璃子は、白い手袋が暗闇にぼうっと浮かぶのを見下ろし、その手が膝頭から腿にかけて撫で上げてくるのに黙って耐えるしか出来ない。

「あんな男に自由にさせるなんて感心しませんね。そんなことをなさるくらいでしたら、私がいろいろお教えしてさしあげたいと思います」

佐々木の手が腿を往復で撫でるにつれ、瑠璃子は窓際にうんと身を寄せ魔手から逃げようとする。今まで従順な一介の運転手としてしか認めてこなかった佐々木に、こんな一面があったことが信じられない。手袋の中の手で女の生肌を求める一人の男だったことを改めて知らされて、瑠璃子は思わぬ事態に怯え戦《おのの》く。

「いやっ……やめて、何するのっ」

その手を払い除《の》けようとしても、華奢な指は、汚らわしいものにでも触れるように軽く撥《は》ね除けるだけで何の効果ももたない。

「そんなことを言えるのですか。お父様に今日のことをばらしてもいいのですよ」

「……そ、それは」

卑劣な脅しを受け、瑠璃子は悔しくて唇を噛む。それにつれて勢いづいた佐々木の手が膝の上から恥丘に移動してくる。

硬く盛り上がる丘に触れられて、身を捩って拒むしかない。衣越しの摩擦は遠い刺激を与え、瑠璃子にキッチンでの淫らな記憶を呼び覚ます。

「どんなことをしたんです？　ここをこんな風にですか」

佐々木は恥丘の表面に指を立てて上から下になぞると、瑠璃子の顔を覗き見て反応をうかがってくる。恥ずかしい場所を触れられ、瑠璃子は怖さと恥じらいで眉間を寄せて顔を背ける。その捩った首筋がデコルテから喉にかけて美しいラインを描く。

「んふうっ……」

立花に弄られて過敏になっている肌は、たとえ佐々木の指に触れられても反応してしまうのが悔しい。

「ふふん、感じるようですね」

佐々木は満足そうな声で決め付けると、ゆっくりと手袋を外し、スーツの上着も脱ぐと、運転席に投げ捨てた。

白いワイシャツの下に、思いのほか幅のある肩が動く。太い首や厚い胸板は、とても五十過ぎの齢《とし》には見えないほど逞しい。

佐々木の手がニットのウエストから潜り込み、肌を撫でるように這い登ってくる。汗ばんだ肌に滑りの悪い指が時折突っかかりながらブラジャーの下弦に触れる。

「やめ、て……ねえ、いや」

こんな仕打ちを受けるなど誰が想像出来ただろう。あの大人しい佐々木が淫らな欲望を隠し持っていたことが今でも信じられず、悪い夢でも見ているようだった。

瞼をきつく閉じ、顔をそむけ悪夢に漂っていた瑠璃子は、胸の尖りに走った刺激に呼び起こされた。

「はううっ」

親指の腹にしこり勃つ乳首を弾かれ、瑠璃子は思わず甘ったるい声を漏らした。狭い車内にそれは艶かしく吸い込まれてゆく。

ニットは顎まで捲り上げられブラジャーのカップから二つの丸みがこぼれ出している。ピンク色だった豆粒は、早くも赤紫に染まり首を擡げてそそり立っている。

思わぬ反応に意を得たのか、佐々木が盛んに木の実を弄くり回してくる。立花の愛撫で過敏になった体は、相手が違えども悲しいくらいに反応してしまう。

「ああ、お嬢様はここを弄られるのがお好きですか。もうこんなに硬くして……先ほどの男にもここを触らせたのですか」

立花との痴態を指摘されるほどに、瑠璃子ははにかみ余計に感じてしまう。シートの背に背をうんとくっつけ、ただ愛撫されるのを耐えるしか出来ない。隅に追いやられ弄られるほどに、女体の芯が何故だか昂ぶってくるのを感じていた。

「どうなんです、ええ？」

親指がクリクリと乳首を折るように捏ねくり回し、答えを要求する。

瑠璃子は言葉にならない喘ぎで応えるしか出来ず、シートの縁を摑む指先に力をこめた。弱みを握られ、運転手に体を捧げるなど恥辱に満ちた仕打ちを受けながらも、体は心地よさに目覚め鳥肌立ってしまう。いつしか下半身に潤いが満ち、まだ乾いていないパンティの船底を新しく湧き出た蜜で湿らせてゆく。

瑠璃子は佐々木に気取《けど》られぬよう細心の注意をして、こっそりと腰をくねらせる。拍動につれてすぼまる割れ目は別の生き物のように盛んに呼吸している。

「しない、わ……私」

「嘘をついてはいけませんねえ、厨房に立って、あんなに気持ちよさそうな顔をしていたじゃないですか」

途切れ途切れにようやく応えたものの、見え透いた嘘に佐々木が容赦なくお仕置きをする。

瑠璃子はキッチンでのペッティングを見られていたことを知り、全身の血が逆流するのを感じていた。

「いやあ、言わないで」

「そして、こんなことも……」

佐々木がタイトスカートを乱暴に捲り上げストッキングを剝《は》がすと、瑠璃子の腿を押し開いた。

「ああん、や、め……」

いや、と拒む言葉さえ途切れ、抗っていた瑠璃子がやがてすぐに艶かしい吐息を漏らす。

立花よりも強引な指が、パンティを引き摺り下ろしてくる。ストッキングもパンティも紐状に伸び太腿に食い込んだまま股を開くあられもない格好を強いられ、瑠璃子は蜜が湧き出るのを覚えた。

「お嬢さんもお好きですね。もうこんなに濡らして……」

佐々木は乳首に吸い付きながら、女陰に指を潜り込ませてきた。太い指がやわやわと捲れた花びらを割り、縦筋を撫で上げる。

「ふううっ！　あん、いや、あああ」

立花の愛撫を受け充血が止まらぬ肉ビラは、佐々木に弄られてさらに新たな蜜を湧かせてぬめっている。緊張と恥じらいで硬く閉ざすはずの女裂も、度重なる指姦にやわやわと口を弛めている。

「聞こえますか、このいやらしい音が。ああ、こんなにお汁を垂らしてシートを汚してしまうじゃないですか」

佐々木が見下したような声をあげる。中指が小刻みに壺口を押し込みタップするたび、ぴちゃっ、と冷ややかな音がする。乳首を舐る音と下の割れ目を掻き混ぜる音に、瑠璃子は恥じらいで体中を燃え立たせ発熱して身悶《みもだ》える。

「もうぬるぬるですよ、あの男にも弄ってもらったんでしょう」

嫌味な言葉を聞かされるたび、瑠璃子は立花の指使いを思い出して秘裂をきゅう、と締めてしまう。愛しい立花にはストッキングの上から撫でられただけだというのに、佐々木にじかに触れられることが腹立たしく忌まわしい。

乳首と下の豆粒の二箇所を同時に弄られ、耐え難い快感がこみ上げる。一晩に二人から愛撫を受け、初体験の初心な女体は堪え切れなくなっている。

「しない、わ、そんなこと……あ、あはあっ」

佐々木の指に肉ビラを捲られ、愛らしい肉芽を撫でられる。背筋までぞくっとするような快感が走り、思わず腰を突き出して指に宛がってしまう。

「ほほう、欲しいのですか。おや、クリトリスがもうこんなに膨れてますよ」

佐々木が二本指で赤貝を割ると、中の真珠粒を見て声をあげた。

瑠璃子は佐々木の強い力に足を閉じることもできず股を開かれたまま、貝肉の谷間に潜む粒を晒して耐えていた。そこがクリトリスであることも、今ようやく知ったばかりの瑠璃子は、まだ自分でも見たことのない性器をまざまざと眺められ、恥辱に体を震わせる。

肉ビラに閉ざされ温かなぬめり汁に塗れていた粒は指に押し開かれ、外気に触れあたりにひんやりと涼気が漂う。割れ目から滴った汁は尻穴へと伝い、革張りのシートに垂れぬるぬるとしている。

指摘通りシートを汚してしまう自身を恥じ、尻をにじり隠そうとするが、にちゃりと粘っこい音がして、余計に汁が零《こぼ》れていることを知らしめる。

「あん、いやぁ……はうう、はうう、んんっ」

ごつい指にむき出しの肉芽が往復で撫でられる。粘膜に包まれた過敏な粒は、荒っぽい摩擦に痛みを覚えながらも、波状に広がる心地よさにもっと擦ってくれとばかりに腰を揺らしてしまう。

秘所の縦筋にもぐり込んだ指は、蜜口に溜《た》まった汁を掬《すく》おうと、穴の掛かりをくすぐってくる。

「ふうっ！　ああん、ねえ、ああ」

佐々木が乳首を吸い上げて、勢いよく唇を離した。それにつれて下の口が激しく収縮して、掛かりに添えた指に波動を伝える。

「ふふ、おっぱいを刺激されると、アソコも良く締まるみたいですね」

卑猥な台詞に瑠璃子は眉をしかめて首を横に振る。そんな女体の反応を知らされる恥ずかしさに、ガラスにおでこをつけて顔を隠したくなる。

「ああ、どろりとしたお汁が出てきましたよ」

若い肢体はもぎたてのフルーツのように瑞々しいだけに、刺激を受けるととめどなく甘い果汁を垂らしてしまう。

だが、心とは裏腹に、体はすっかり出来上がり、心地よい快感の波が内腿から膣穴にかけて波のようにこみ上げてくる。

佐々木の舌が胸の谷間をべろりと舐め上げると、涎を垂らして離れた。ねっとりと濃い唾液がふたつの白いマシュマロの間を垂れてゆく。

「さあ、お嬢様ばかり気持ちよくなってはフェアじゃありません。今度は私も気持ちよくさせていただきましょうか」

「え……」

瑠璃子は中途半端なまま愛撫を止められ、押し寄せていた波を留《とど》められ未練がましい眼差しで佐々木を見つめた。

佐々木は唇の端で笑うと、瑠璃子を見つめたままベルトを外しズボンのジッパーを下ろす。

「きゃっ、何するの」

瑠璃子は両手で顔を覆うと肩を狭めて股を閉じた。太腿にはパンティとストッキングが絡まり、股を閉じると秘所のぬめりが内腿に付着して気持ち悪い。

「お嬢様のせいで、こんなになってしまいましたよ、さあ」

瑠璃子が恐る恐る指を開いたその隙間には、下半身を晒した佐々木の股間に屹立する黒い棒がノの字を描いてそそり立っている。

「さあ、これを気持ちよくしてください」

瑠璃子は手首を取られ引き寄せられると、乱れた服装のままシートに膝をついて佐々木の股間に顔を埋めさせられた。思わぬ力で頭を押さえられ、唇に頰に醜い肉棒がぶち当たる。

「んむうう！」

初めて見る男のペニスはこんなにもグロテスクでこんなにも硬く太いものだと知り、恐怖のあまり言葉が出ない。だが、佐々木は容赦なく頭を押さえつけ、腰を突き上げ肉棹を瑠璃子の唇に擦り付けてくる。

「ほうら、口を開けて、咥《くわ》え込んでやってくださいよ」

瑠璃子は丸い鈴口に宿る先汁を唇に塗りつけられたまま、歯を食いしばって唇を閉ざして呻いた。温かな肉棒は人の体と思えぬほど硬く撓《しな》って瑠璃子の口を穿《うが》ち、唇を捲ってもぐり込んでこようとする。

「むうう！　んんう！　いやあっ」

だが、ひとたび口をこじ開けられた途端、生温かい肉杭が前歯を掠って潜り込み、瑠璃子の喉奥に蓋をした。

「ぐふっ……ぐううう！」

喉に杭を刺された瑠璃子は、言葉を発することも出来ずただ低く呻くばかりだった。鼻先は生臭い陰毛の中に潜り、顔を押し付けられる度にわさわさと縮れ毛を掻き乱す。目を開けたすぐそこに毛むくじゃらの男の腿があり、おぞましさにまた目を閉じる。今、股間から生える野太い軸を口中に咥えているかと思うと、情けなさと恥ずかしさで奥の女芯がきつく締まる。

「ううっ、はあ、そう、そう舌で包むように舐めて」

瑠璃子は生まれて初めてのフェラチオに戸惑いながら、頭上から降り注ぐ佐々木の言葉通りに舌を丸めて肉棒をなぞってやった。もはや抗うことは出来ないと悟ると、一刻も早くこの悪夢から逃れられるよう、佐々木の言うがままに従うほうが賢明だと思った。

「そうだ。そう、もっと奥まで呑み込んで、ほら」

佐々木の声が上ずってくると同時に、先ほどまでの慇懃さが消え遠慮がなくなってくる。

図太い陰茎は瑠璃子の小さな口を占拠し、内頬にめちゃくちゃに押し込んでくる。生臭い匂いと先汁のしょっぱさに堪え、言う通りに喉奥にまで送り込んでやると、図に乗った亀頭に喉粘膜を押し込まれ、急激に吐き気がこみ上げる。口中に唾液が溢れても、太い異物を咥えていては飲み込むことも出来ず、ぐえっ潰《つぶ》れたような声とともに口端から涎を垂らすしかない。

「いやっ、はああっ、ぐふっ、むううん！」

ほんの一瞬口を離し息継ぎをしても、すぐにまた喉奥にぶちあたるまでねじ込まれる。

「離すんじゃない、もっと舌を使うんだ、これが欲しかったんだろう」

シートの上に膝をつき、まるで四つん這いのような格好で股間に顔を埋めさせられ、瑠璃子は屈辱と苦しさで涙が滲む。くっきりと引いた黒いアイラインは溶け、目尻に薄くぼやけてくる。亜麻色の髪は乱れ、唾に汚れた頬に張り付いているのも構わずしゃぶりつく姿が、佐々木を一層焚き付ける。

瑠璃子は肉杭を突き刺されながらも、首を横に振っていやいやをする。こんなものを欲してはいなかったし、ましてや佐々木のものなど吐き気がするほど嫌悪している。顔を左右に振ると、口中の芋虫が臼歯に触れて内頬にぶつかり回る。その度に佐々木は低く呻き瑠璃子の頭をまた押さえ込んでくる。

「おう、いいぞ、そうだ、そうだ」

佐々木の手が髪を撫で、そのまま瑠璃子の胸に降りてきた。

うつぶせになってフェラチオを強いられる瑠璃子の胸は、ブラジャーのカップを捲られたままシートの面に擦れている。そこに佐々木の手が潜り込み、乳房を掬い上げるように包み込んだ。

「むううんっ！　ふうう、ぬふううう」

佐々木が指と指の間に木の実を捕らえ、緩急自在に挟んで刺激する。熟練した中年男の手《て》管《くだ》は初心な瑠璃子を蕩けさせるに充分で、瑠璃子はあっというまに尻をくねらせはじめる。凝り固まった乳首を挟まれるだけで鋭い快感が走り、膣の中がうねってくる。そこに口中の棹が抜き差しすると、まるで女陰に差し込まれているような錯覚に陥り、瑠璃子の未経験のヴァギナは男根を夢想して空洞を食み、激しく収縮をはじめる。

「おおっ、ああ、もっと舌でしごいて」

佐々木が太った腹を突き出し腰を前後にグラインドしはじめた。それにつれて瑠璃子も夢中で肉棒を口から出したり呑み込んだりを繰り返す。舌を丸めて包みながら、顔ごと股間にぶつかってゆき、カリが抜け出そうになるほど吐き出しては、喉粘膜に亀頭が減り込むほど根元まで呑み込んでやる。

口中に溢れる唾が口端から溢れ、顎を伝い垂れてゆく。唾液の酸い匂いと股間の生臭さが混ざり合い、狭い車内にえも言われぬ動物的な匂いが籠《こ》もる。

「ぐふっ、ぐふっ、ぶふうう」

顔ごとぶつかってゆく瑠璃子は、口の中で肉茎が一層膨張し硬度を増すのが分かった。丸々とした亀頭はさらに膨らみ、発射準備に入っている。

（ああ、どうしたの。硬いわ……さっきよりうんと硬くなってる）

肉とは思えぬほどしっかりと屹立する棹に戦きながら、瑠璃子は懸命にしごいてやる。先ほどまで中の軸の上を滑る薄い表皮が蛇腹のように寄せては伸びを繰り返していたが、今はもう薄皮すらピンと張り、表面がつるりとしている。

瑠璃子は下から目だけを上げると、二重顎を上げて小鼻を膨らませ、息を漏らし朦朧としている佐々木がいた。

乳首を捕らえていた指がしきりに動き、きつく挟んでくる。五本指が胸に食い込み、佐々木が何かに摑まろうとするのが分かる。

「くふっ、むううん！　ふううう」

瑠璃子は喉奥にぶち当たる棹に耐えながら顔ごとしゃぶりつく。上体を揺らすたび、左右の乳首がシートの座面に擦れて心地よい。うっすらとこみ上げる快感が、キッチンで立花と触れ合ったときに感じたものより一層強く押し寄せてくるのは、淫らな行為を強いられることで瑠璃子をかえって燃え上がらせたからだった。

タイトスカートは捲れ上がり尻を丸出しのまま、腿にはパンティとストッキングを紐状に絡ませ、四つん這いになって男根にしゃぶりつくはしたない牝の姿を想像すると、膣奥がきつくせばまり、波状の快感が湧き起こる。

(私ったら変よ……こんなことさせられてるのに、気持ちよくなってきちゃう)

だが、瑠璃子が考える間もなく佐々木が腰を突き上げてきた。太い杭が喉奥を断続的に穿ち、吐き気を催すのも構わず押し込んでくる。瑠璃子は垂れる涎もそのままに必死で喰らいついた。

ぐっちゅ、と水っぽい音が響き、佐々木が呻きを漏らす。

「うう、ああ……もう出そうだ、ああ出る、く、口に出すぞっ」

「ぐふうっ！」

瑠璃子はどんなことが行われるのか怖かった。ペッティングもフェラチオも初めてだというのに、口に出されるというのはどんなことなのか理解出来ない。

だが、そんな疑問をさしはさむ余地などなく、口中の肉棹はスピードを増して速射してくる。瑠璃子はこみ上げる快感の波と恐れの間で揺れながらも、絶頂に向かって意識を集中させた。早く屈辱から解放されたい思いと同時に、未知なるものを経験したい好奇心と欲情が瑠璃子を夢中にさせる。

「う、あ、あ」

佐々木の腰がピストン運動を繰り返し、瑠璃子の乳首を痛いほどつねった。痛みは心地よさへと変わり、瑠璃子は胸を弄られるだけで腿から這い登る快感に膣を締めた。うっすらとした波が股間から背中へ駆け抜ける。

佐々木が瑠璃子の頭を押さえ込み、腰を突き上げたその瞬間、瑠璃子の口中に生温かいとろみが吐き出された。

「むうう！　ぐうう、んんん」

温いヨーグルトのような汁が竿先から発射され、舌の上に溜まってゆく。

瑠璃子は四つん這いのまま身を強張らせ、足指をいじいじとくねらせた。こんな体位のまま感じてしまう自分が恥ずかしかったが、その恥じらいさえもまた絶頂へのスパイスになる。

膣はせわしなく収縮し、全身が小刻みに震える。

口中に咥えたペニスもまた小さく震え、ピクンと跳ねてはとろみ汁を吐き出す。辛くも甘くもないなんとも中途半端な味と生温さが気持ち悪く、瑠璃子は顔をしかめて耐えた。今ここで吐き出すような行儀の悪いことはとても出来ないし、それではシートを汚してしまう。己が女体を駆け抜ける快感にうっとりと弛みかけた口元を引き締め、精が垂れぬように唇をすぼめる。

(どうしましょう。ああ、吐き出したいけど、どこに出したらいいの……ああ、また)

「う、あ……まだ出る」

瑠璃子は佐々木の呻きを聞きながら、絶え間なく放出されるスペルマに眉を寄せ、ついに覚悟を決めて呑み下した。

独特の生臭い匂いが口から鼻に抜け、思わず小鼻に横皺を寄せてしまう。喉奥には膜を張ったように渋みが広がり、いくら唾を飲み込んでも精の味がへばりついている。

そうしている間にもまた次の放出が舌に落ち、生温いとろみが溢れてくる。一体どれほどの精が溜まっているのだろう、瑠璃子は男の生理など分からぬまま、ただ受けるしか出来ない。その卑しい行為が瑠璃子をまた恥辱の底に落とし込む。

「むうう……ふうん」

間断なく吐き出される精を舌に溜め、ようやく呑み込むと、瑠璃子は棹先に残る汁を吸い上げてから、静かに唇を離した。

すっかり乱れた髪や溶けた化粧が、情事の激しさを物語る。

瑠璃子はブラジャーのストラップに手を添え、パンティのストリングを指にかける。落とした視線の先には、月光に照らされた革のシートの上にぬらりとてかる蜜の跡が生々しくこびりついている。

瑠璃子はうなだれたまま静かに息を整えて窓の外に目をやる。赤や青のネオンを映す海岸線が涙で滲んで見えた。

第四章　地下室の企み

古い洋館の残る大学の中庭に紫陽花《あじさい》がひっそりと咲いている。淡い紫や青のこんもりとした丸い花々が梅雨《つゆ》空を背景に美しく佇んでいる。

瑠璃子は中庭にあるベンチに座り譜面を読んでいる。午後の授業まではまだ時間があるが、かといって友達とおしゃべりする気にもなれない。このところ一人で考え事をする時間が増えた。佐々木ともあれ以来顔を合わせるのが嫌で、ここ半月ほど無理を言って地下鉄で通学している。

（どうして、こんなことになっちゃったのかしら）

単純に立花に憧れ、友人を誘って賑やかにVivaceに通っていたあのころが懐かしい。今では立花にも会うのが恥ずかしく店から足が遠のき、ぼんやり日々を過ごしている間にいつしか六月になっていた。

「あら、伊集院さん」

瑠璃子は聞きなれた声に顔を上げてあたりを見回した。中庭をぐるりと囲む回廊から、淡いラベンダー色のワンピースを纏った亜弓が手を振っている。

女性らしいやわらかなAラインの裾を揺らし、優雅な足取りでこちらへ近寄ってくる。相変わらず楚々として立ち居振舞いの美しい先輩に声をかけられ、瑠璃子は立ち上がって会釈した。

「こんなところで何してるの」

「ええ、時間があるものですから譜面読みを」

瑠璃子は胸に抱いたショパンの楽譜を見下ろしながら亜弓に微笑みかける。

「まあ、感心ね。ところで、最近はお店にはいらっしゃらないの」

「え、ええ、ちょっと忙しくて」

「そうなの。私は週に二回ほどあそこでピアノ演奏のアルバイトをしているんですけど、近頃お見かけしないと思って」

亜弓のまっすぐな黒い瞳に見つめられ、瑠璃子はほんのり頬を染めて視線を外してしまう。店のことを言われるとどうしてもあの夜の淫らな記憶が甦ってしまう。

「オーナーの立花さんも淋しがってらっしゃったわ」

「え、立花さんが」

瑠璃子は立花の名に動揺して聞き返してしまった。いくら平静を装おうとしても、内心は立花に会いたくて仕方ないのだ。

亜弓は瑠璃子の反応に瞳を光らせて、小首をかしげて微笑んだ。

「ええ、そうよ。伊集院さんがいないとお店に華がないんですって。だからまた来てさしあげて。立花さんてお優しい方でしょ」

「はい、とても、素敵な方です」

瑠璃子は立花のことを少し褒めすぎたと思い、唇に手を当てて肩をすくめた。

「うふふ、それじゃ、またね」

踵《きびす》を返し回廊に戻ってゆく亜弓の後姿に会釈をしつつ、瑠璃子は高鳴る胸を鎮めるために深呼吸をした。

久しぶりに耳にした立花の名に、胸が震えてしまう。

そんな瑠璃子は、亜弓の眼差しの裏に潜む冷たい光に気付いてはいなかった。


開店前のVivaceは、いつもひっそりと森の木立の中に佇んでいる。夜のにぎわいの前の静かなひと時は、特別な人にだけ許される。

薄暗いフロアの下から、艶かしい息遣いが流れてくる。まだ誰もいないこの時間、赤いカーテンの向こうの二人は安心して声を漏らすことができる。

「今日、大学であの娘と会いました」

亜弓はソファにもたれながら、ラベンダー色のワンピースからふくらはぎを覗かせ足を揺らす。三面に張り巡らされた鏡の中に映る自分の横顔をちら、と盗み見、ほつれた黒髪を耳にかける。

「あの娘って」

「瑠璃子、伊集院瑠璃子。音大の後輩ですの」

亜弓は上目遣いに立花を見つめて、一言ずつ噛み含めるように言う。瑠璃子のことを大人しく可愛らしい後輩だと思って目に掛けていたが、先日開店前の厨房で立花と触れ合っているところを運転手の佐々木とともに目撃してからは、心中穏やかでない。

「ああ、そういえば最近店に現れないな」

立花の腕が亜弓の細いウエストを抱き寄せてくる。がっしりとした体軀に引き寄せられると、スカートの裾が開いて太腿があらわになる。立花は白い腿を一瞥《いちべつ》すると、もう片方の手を這わせてきて、掌全体で尻から腿にかけてを撫でる。

「んふっ……」

女性の扱いに慣れた巧みな指使いが亜弓をうっとりとさせる。

立花の手はパンティの足繰りから太腿、そして膝小僧へと這い、ふくらはぎを軽々と持ち上げてくる。足先にひっかけたサンダルが解け、絨毯の上に力なく落ちて転がる。

薄紫色の上品なワンピースを捲り上げられると、まるで大輪の花が咲いたようで、白い足が二本、花芯から伸びる雌蕊《めしべ》のごとく行儀よく膝をくっつけて並んでいる。

「いや……ん」

服と似たパープルのパンティがあらわになり、その儚《はかな》げなレースから妖しい繁みがうっすらと透けている。亜弓は足を閉じて隠そうとするが、立花の手が膝を割って腿をこじ開けてくる。

ひたひたと指を這わせるタッチが心地よく、亜弓は目を閉じて鳥肌立つ内腿を弛めてしまう。立花の手にかかるとまるでマジックのように、亜弓の体は自然と開いてゆくのだ。

「あんう、はあっ……」

ひんやりとした指が産毛の逆立つ内腿を這い登ってくるにつれ、亜弓は息を止めて股を開いて腰を浮かす。膝が震え、ソファに乗せた足で爪先立ちし、足指をきゅっと丸める。

まだ胸も触れられていないのに、下半身から先に弄られることに恥じる亜弓はソファの上で腰をくねらせて戸惑いと悦びの間を揺れている。

立花が亜弓を抱き寄せ、背中のジッパーを下ろしてくる。ジジジと乾いた音とともに背肉があらわれ、じっとり汗ばんだ肌に空気が触れて心地よい。

やがて腰のあたりまでジッパーを下げられ、ワンピースがはらりと肩から落ちる。

花の中から生まれた親指姫のように、淡紫の花びらに包まれた亜弓の裸体が眩しく輝いている。

「きれいだ……亜弓はなんて美しい体をしてるんだろう」

それが美辞麗句と分かっていても、亜弓は立花の台詞に蕩けてしまう。頭上に輝くシャンデリアに照らされた白い裸体は、三面を取り囲む鏡の中で妖しくくねる。

立花が亜弓の腰を持ち上げワンピースを抜き去り、床に散らす。梅雨空に咲く紫陽花のようにふわりと空気をはらんで落ちたワンピースを横目に、亜弓はパープルのランジェリーだけの肢体を横たわらせ立花の愛撫を待つ。

「今日はまた一段と色っぽいね」

立花はそう言うと、ソファに寝そべる亜弓のヘソに唇を寄せた。口髭が肌を刺してくすぐったく、亜弓は腹をへこませて、ククッと小鳥のような笑い声をたてる。それがまた愛らしいのか立花は髭を駆使してヘソのあたりに擦り付けると、亜弓の腰が逃げないようにがっしりと両手で押さえつけてくる。

「うふっ、ああん、だめえ、くすぐった、い……」

ベリーダンスのようにくねる腹が艶かしく、立花の鼻先に触れてはへこむ。儚い色のパンティのウエストゴムがマシュマロのような柔らかな腹に食い込んで痕をつけているのが生々しく、立花を刺激する。

「可愛いヘソだな。こんなところも感じるのか」

立花がパンティのゴムに指をかけながら、わき腹に唇を這わせてくる。くすぐられるのに弱い亜弓は身をよじり、声をあげて転げ回る。浮き立つ腰骨に髭が触れ、くすぐったさに臀をバウンドさせる。

亜弓はうっとりと細めた目で天井の鏡を見つめた。きれいに磨き上げられた鏡の中にしなやかにくねる美しい女と、その腹に覆いかぶさる男の背が映っている。

その立花の目が亜弓の頭上を通り越して、壁の鏡を窺っている。立花もまた、壁面に張り巡らされた鏡の中に妖しくうごめくふたつの体を見つめているのだろう。

女性器を思わせるワインレッドのソファ、肌が浮き立つ黒い毛足の長い絨毯、そして体の動きを隠しようがない鏡が、この秘密の地下室をよりいやらしいものにしている。いつもは紳士的に振舞う立花のどこにそんな淫らな発想があるのか、と亜弓は口髭に隠れた唇を見つめながら不思議に思う。

「いつもより感じてるぞ。ほうら、いいのかい」

「そんなこ、と……んふう」

亜弓は腰をくねらせながら、立花の背に手を巻きつけて自ら求めてゆく。瑠璃子のことを問い詰めようと尖っていた心が、脆《もろ》くも崩れそうになり、愛しい立花の頭を掻き抱く。櫛目の通った髪を乱すことなく丁寧にわき腹を舐る、その額を撫でてやる。

「ねえ、あの娘といいこと……なさったでしょう」

亜弓は顔を上げる立花をじっと見つめ返す。立花とこんな深い関係になったのはいつからだろうと昔日を思い出しながら、知りたくもない返事を待つ。

都内屈指の人気店であり、著名人が足繁く通うと聞いたときから、ここでピアノの生演奏のアルバイトをしたいと思ってきた。その上オーナーがかっこよく、クラシック好きだということで、亜弓はとても緊張して面接を受けたものだ。

黒いベルベットの一張羅を纏いショパンのソナタを試し弾きした亜弓は、グランドピアノの前で背後から伸びる立花の手に弄ばれながらも、もう一曲奏でさせられた日が昨日のように思い起こされる。そして、いつしか地下室の存在を知り、そこで繰り広げられるＶＩＰたちの淫らな宴を垣間見た亜弓は、普通の清楚な女子大生から妖しい香りを放つVivaceの華へと成長した。以来、立花との逢瀬を重ねる日々が続いている……。

「ひどいわ、瑠璃子なんかと」

返事をしない立花に焦れて、亜弓はその名前を口走って唇を尖らせる。

「なんだ、嫉妬しているのかい」

「だって、キッチンで立ったままあんなこと……」

あの日、いつもより早くアルバイトに訪れた亜弓は、路肩に止まるロールスロイスを不思議に思いながら裏の扉を探した。そこでは佐々木が呆然と立ち尽くし、店の中を覗いていた。亜弓は制帽を目深に被った後姿に声をかけることすらはばかられ、そっと店の中を窺い見て息を呑んだ。薄暗い厨房で立花と瑠璃子が濃厚に体を絡め合っていたのだ。

亜弓自身、まだそんな刺激的なシチュエーションを試してもらったことはない。瑠璃子に先を越された苛立ちと羨ましさが、今日の亜弓をいつもより積極的にさせる。

立花はとぼけたように口笛を鳴らすと、そのまま尖った唇を重ねて亜弓を黙らせた。口髭が亜弓の唇の内側をチクチクと刺し、心地よい刺激となる。拗《す》ねて強張っていた亜弓の口元はあっというまに弛んでいく。

「あの娘は大のお得意様だ。繋《つな》ぎとめておくほうがいい」

立花の手が首筋にそっと触れ、ほつれた髪を耳にかけてくれる。優しいタッチがくすぐったくて、亜弓はあどけない笑みを漏らす。

「んふっ……でも、妬《や》いちゃうわ」

亜弓は押し付ける唇から逃れ、首を振っていやいやをする。漆黒の艶やかな髪がソファに広がり、うなじの白さを際立たせる。ワインレッドのソファに寝そべる肢体は透き通るようになめらかな肌をし、時折呼吸につれて腹が膨れてはへこみするさまが艶かしい。

「僕はお客様を満足させるのが仕事だからね」

「まあ、いい言い訳ですこと」

亜弓は都合のいい勝手な言い分に唇を尖らせて拗ねる。その横顔がまた愛らしい。

「君も某財閥商社の御曹司、桜井さんを知っているだろう。実は彼からある事を頼まれているんだ」

桜井という名に馴染《なじ》みがなく、亜弓は首をかしげて黒目がちな瞳をぐるりと巡らせる。そういえば若い割にいつもスーツを着こなし、Vivaceで客を接待している羽振りのいい男を思い出した。小柄な体つきだが威勢がよく社交的で、先日も瑠璃子に話しかけているのを亜弓はピアノを奏でながら見つめていた。

「君に手伝ってほしい」

「私に？」

亜弓は驚いて瞳を上げた。立花の愛撫の手が止まっているのが焦れったいが、秘密の相談ならば仕方ない。聞けば、立花は桜井から瑠璃子との逢瀬を依頼されているというのだ。

「うまいこと、彼女を誘い出してくれないか」

あんなことがあって以来、瑠璃子の足が店から遠のいていることは明らかだった。初心なお嬢さんだけにショックも大きかったのだろう。だが、それを裏返せばそれだけ強烈な印象を与えたことになる。男に触れられるのすら初めてだとすれば、きっと悪い麻疹《はしか》にかかったように、快感が忘れられず身悶えているに違いない……亜弓はまた嫉妬に苛《さいな》まれながらも瑠璃子を誘い出す算段を考える。

「じゃあ、あの子の二十歳のお誕生日パーティをお店で開きましょうか」

「なるほど、そして特別なプレゼントを用意しておく、と」

「ええ、この地下室で……」

ワインの香りが漂う部屋で、燃えるようなワインレッドのソファにもたれる女体は全身が仄紅に染まり、アルコールを口にしないのに酔ったような心地になるから不思議だ。

「妙案だな」

立花の唇が亜弓の顎から喉へ這い、そのままふたつの胸の谷間をまっすぐ下りてゆく。両手は豊かな乳房の側面を指を浮かせるようにしてさわさわと撫で、決して尖りに触れることなくウエストの括《くび》れへ伝ってゆく。

「んふう……んんっ」

今までどれだけ多くの女性を虜《とりこ》にしてきたのだろう、立花の指使いに嫉妬する。妬《ねた》めば妬むほど亜弓の体は中から熱く火照り、ソファの上で人魚のように腰が揺らいでしまう。

立花は決して性器に触れることなく、わき腹やヘソの周囲、そしてヒップに唇を押し当て、たまに派手な音をたてて吸い付いてくる。先ほどからジンジンと痺れている乳首は薄紫のブラカップの中できりりとしこり勃ち、繊細なレースを恥ずかしいほど押し上げている。

浅いカップからは乳輪が零れ覗いているというのに、立花は一向に触れてくれず、しきりに腰骨を舐めたりパンティのウエストゴムに沿って舌を這わせてばかりいる。

「むうう、はあっ、ああん」

焦らされる女体は、ただ肌に触れられるだけでもう女裂から甘い蜜を湧かせ、花びらをぽってりと充血させている。

「ねえ、ねえ……」

亜弓は腰を浮かせて立花の胸板に擦り付けてアピールする。

「どうしたの、うん？」

立花がパンティのサイドストリングを前歯で嚙み、ちぎらんばかりに引っ張って離した。きついゴムが、乾いた音をたてて肉に食い込む。

「あうう」

亜弓は荒っぽい仕草に頬を染め、背を仰け反った。

「欲しいのか、ここに」

立花の手がふくらはぎを持ち上げ、亜弓の片足をソファの背に、もう片足は曲げさせたままM字に開かせてくる。シャンデリアの光がまともにパンティの船底に降り注ぎ、中心に広がる楕円の濡れ染みを照らし出した。

「ほうら、もう濡らしている。亜弓のアソコは正直だな」

「いやあ、言わないで。だって、だってあんなに焦らすんですもの」

亜弓ははじらいに顔を隠すが、パンティの染みはありありと照らし出されている。頭隠して尻隠さずのさまに、亜弓は腿を閉じようと力をこめるが、立花の手がぐい、と勝ち割る。

「力を抜いて、脚を開くんだ。そう、そう」

言いながら立花は中指を一本たてて、亜弓のパンティに透ける縦筋をなぞってくる。肉付きのよい盛山の谷間をつーと滑る指に押し込まれ、パンティの薄布に牝汁が染み込んでゆく。やさしい言葉の誘導に、亜弓は顔を両手で覆いながらも足から先の力が抜けてゆくのを覚えた。

「んんっ、ああん、いやぁ、そこ……」

立花が面白がるように何度も往復で縦筋をなぞると、やがてパンティは指の形に抉《えぐ》れ、しっとり濡れた布に女性器が浮かび上がっていた。

「あああ、びちょびちょだよ。ここがいいのかい」

立花の指が肉ビラの合間のやや上あたりをピンポイントで押し込んでくる。指に押されたクリトリスは花びらに埋もれながらもぷっくりと芽吹き、二枚貝の下でコリコリと硬く膨れてくる感触がする。

亜弓はうっとりするような快感に目を細め、されるがままに割れ目を差し出している。

「うふっ……はああ、そこぉ、そこがいいのぉ」

ついに観念した亜弓は、立花を求めて自ら腰を上下させ肉芽を擦り付けてゆく。パンティ越しの遠い刺激では物足りなく、じかに弄って欲しくてたまらない。

「これが欲しいんだろう」

いつの間に脱いだのか、下半身を晒した立花に亜弓は手首を掴まれ、股間にいきり勃つ肉杭を握らされた。

熱く硬いものを握らされた亜弓は、顎を引いて起き上がると、目の前に反り返る赤黒い肉棒に息を呑んだ。およそ肉とは思えぬ異形は天狗の鼻のように空に向かって怒張を伸ばし、丸々とした鈴口に雨粒ほどの先汁を宿している。

「ああん、いやあ」

「どこに欲しいんだい。言ってごらん、さあ」

口調は優しいままだが、立花は淫らな言葉で亜弓を煽《あお》って愉しんでいる。

「ここか？　このまあるい染みをつけたところか」

立花に指でぐいと押し込まれ、パンティの中のクリトリスが悲鳴をあげる。乱暴にされればされるほど亜弓の肌がさざめき立ち、産毛が逆立ってくる。

「ああん、そうよ。ここに欲しい、の……」

焦らされ続けた女体はすっかり熟し、今ならどこを押されても甘い汁を垂らしてしまう。

亜弓は自ら腰を揺すり、パンティのストリングに指をかけ引っ張り上げると、濡れる割れ目にクロッチを食い込ませておねだりする。腿の付け根のゴム痕が赤く肌に残り、極端なV字を描いてまるで紐状になったパンティから縮れ毛が顔を出す。

「ここって、どこだい。ああ、中がぬるぬるだ」

立花がパンティの足繰りから指を潜らせてぬめった女陰を掻き混ぜる。熱いぬめりに肉ビラが泳ぎ、くちゅくちゅと卑猥な音をたてては汁を滴らす。

「ふうっ！　ああん、そこお、そこよお、亜弓の中にちょうだい」

亜弓はたまらず痴語を喚《わめ》くと、腰を激しく上下させて求めた。

「ようし、いいだろう」

ご褒美のように立花がパンティを剝がし、おもむろに亜弓の股の間に腰を据えてくるのが見える。

「なんだこれは、いやらしい糸なんか引いて」

亜弓の股を覗く立花の苦々しい声が聞こえる。そんな言葉による責めもまた亜弓を燃え上がらせてしまうからいけない。

南国の果肉を割ったように瑞々しい赤い秘所が、呼吸に合わせて息づいている。

「ああん、言わないで……だって、だってもうたまらないんだもの。ちょうだい、硬いのちょうだい」

清楚な雰囲気の亜弓の唇から、淫らな言葉が零れ出る。と同時に下の口からもまた新たなぬめりが滲み出し、濡れた鍾乳洞のように割れ目が潤っている。

「ふうっ！」

立花が肉茎のかわりに中指をねじ込んできた。やや小ぶりなペニスのような感触に、亜弓の膣口は悦んで吸い付いてゆく。野太い男根を挿し込まれるのを夢想して、イソギンチャクが口をすぼめて指の付け根を締め付ける。

「ああ、指が食いちぎられそうだ。骨が折れそうだ」

狭い膣口がさらに狭まり、立花の関節を圧迫する。中で泳ぐ長い指にヘソの裏あたりを押し込まれ、亜弓はくすぐったいような宙に浮くような妙な感覚に、頭上に伸ばした手でソファの肘掛けを摑んで耐える。

「んふうっ、あ、あ、あ……はあっ」

指が内臓を押し込むたび、えも言われぬ心地よさが膣内に広がり、尿意を催してしまう。このままタップされ続けると変になってしまいそうで、亜弓は激しく髪を振りいやいやをした。

美しい顔を悦びに歪め、唇をわななかせて浅い息を継ぐ。下から突き上げる手指の振動にたわわな胸が弾み、赤い実が同心円を描く。

ぴちゃぴちゃと涼やかな音が耳に届き、蜜壺の濡れ具合を知らされる。

「ああ、すごい汁だな。ソファにまで垂らしてるぞ」

「んぐうっ」

指が引き抜かれ、ずるりと温かいぬめりが内腿を掠ったと思うと、ふやけた膣穴に野太い亀頭が押し当てられた。丸々と太った亀頭が、柔らかく捲れた貝肉の縦筋を下から上へなぞり上げる。

「欲しいか、これが欲しいのか」

何度も訊ね、亜弓からいやらしい言葉を引き出そうとする立花が小憎らしい。

もう充分に焦らされた亜弓は、何か突っ込まれていないと空《から》っぽの膣筒が撚《よ》れて変になりそうだった。

「欲しいわ。ねえ、早くう」

ごぼごぼと節くれだった肉幹が蜜塗れの穴を遡上する音が耳底に鈍く響く。まるで喉元にまで突き上げられるような圧迫を感じ、亜弓が仰け反る。

「ああん、ちょうだ、い、いいっ！」

野卑な言葉を浴びせられながら、亜弓は白い体を撓《たわ》ませて挿入を受ける。太い杭が膣筒を貫き子宮にぶつかってとまると、すぐさままたずるりと引き抜かれる。引き潮に足をとられるように、深い淵に溺れそうになる感覚がたまらなく気持ちいい。

「ほら、これが欲しかったんだろう。亜弓はスキモノだな」

「はあっ！　あ、あ、あ、いいっ、いいのっ、オチンチンがいいの」

亜弓はまるで唇にペニスを食むように喘ぎ、舌をちろっと覗かせて犬のような浅い息をしている。立花の両手で膝小僧を押し広げられ、真上から恥部を見下ろされる体位で肉弾を受ける。ソファのスプリングが激しく上下し、視界が揺れてシャンデリアの輝きが目を刺す。

天井の鏡にはもんどりうち、胸を波打たせている女が髪をふり乱して映っている。

肉棹が真上から差し込まれ、立花が根元まで擦り付けてくる。亜弓は柔らかな股を無理やり一八〇度ちかくも開かされ、濡れそぼる縮れ毛の下の緋肉を割られている。立花が下腹部を押し付けるにつれ、膣口の薄い皮膚が無理に伸ばされてヒリリと痛みが走る。

だが、今はその痛みすら激しいセックスの証のようで、亜弓を昂ぶらせる。

柘榴《ざくろ》のような女陰に、肉刃がねじ込まれ、また引き抜かれる。餅つきのごとくぬっちゃぬっちゃと粘っこい音をたて、杵がゆっくりと抜き差しされる。そのたびに赤黒いペニスが亜弓の牝汁に塗れぬらぬらと妖しい光を放つ。

天を向き反り返った竿先が、亜弓のヘソ裏を突いてくる。いつもと違う角度の挿入にGスポットが押し込まれ、腰から下が蕩けそうに心地よい。

「はああん……んふう、そこぉ、変になりそうよ、ああん、いやぁ」

膣奥のヘソ側を穿たれて、あまりの刺激に涙声になる。ざらついた天井を押し込まれるような感覚に、背筋が寒くなり体から力が抜け、きゅうと曲げていた足指が解けてゆく。

「変よぉ、そこ……ああん、気持ちいいの、ねえ」

裏返った甘い声が、意味不明の言葉を連ねる。微妙な腰使いでゆっくりとピストンしてくる亀頭が、ぐい、と天井を押すたび恥ずかしいほどの心地よさが広がり、膣は痙攣し襞々から新しい汁を湧かせてしまう。

「うっ、ああ、締めてくる」

立花が短く呟くと、スピードをあげた。

「はああっ！　あ、あ、あ」

亜弓はソファの肘掛けを摑み、急なピストンを受けた。何度も擦られて薄くなった会陰の痛みに耐えながら、穴を捧げてさらなる摩擦を求める。ゴムのような膣輪が押し伸ばされ、太い肉茎に執拗に擦られるのがたまらなく気持ちいい。

薄い女陰の皮膚は、ペニスがもぐり込むたびに内側に減り込み、抜かれるたびに棹に絡みついて外側へ引き攣れる。その往復の摩擦が入り口を刺激して亜弓を狂わせる。執拗な抽送を受けた女裂に心地よさが広がり、それだけで涙腺が弛んでアイライナーが溶け出してしまう。

「ふうっ、ふううっ、あむう、いいっ、いいっ、そこぉ、もっと、もっと擦ってぇ」

淫らな台詞を口走ると、恥ずかしさに膣が縮み上がって中の異物を締め付ける。ねっとりと濡れた粘膜は幾千のミミズのように触手を伸ばし男根に絡み付いて放さない。もっと奥へもっと深く引き摺り込もうと締め付けてゆく。

そのたび、ヴァギナが捩れ、濡れ雑巾《ぞうきん》をしぼるように畝々から濃い蜜が滲み出る。

「うう、亜弓が吸い付いてくるぞ。千切れそうだ」

太い棹が中でさらに膨張し、雄々しいカリが傘を開いて膣襞をこそげる。やわらかな粘膜を銛《もり》でひっかかれるような引き攣れに、うねうねと波立つ粘壁が痙攣する。

立花が腰を引くたび、掻き出された熱いとろみが、じゅっ、と卑猥な音をたてて内股に飛び散る。下腹部を擦り合わせると、牝汁の飛沫が塗り広げられ、恥丘や門渡《とわた》りがぬらぬらと滑りやすくなる。

「ううんっ、ああっ、ねえ、ちょうだい、もう、もう、イきそうよ」

立花が亜弓のふくらはぎを抱え肩に乗せると、そのまま上体を倒し伸し掛かってきた。でんぐり返しのようなアクロバティックな体位を強いられ、肺が潰れそうになる。二本の脚はまっすぐに伸び、ちょうど亜弓の耳のそばでじれったそうに足指がくねる。

淫らな姿を強いられることが余計にリビドーを駆り立てて、膣奥が激しく収縮する。

「いやらしい娘だ。ピアノを弾きながらもこんなことを考えてるんだろう」

「違う、わ……そんな、私っ」

「地下室のことを思うと、着飾っててもアソコはぬれぬれだよな、え？」

立花が大きな桃尻に手指を食い込ませ摑みながら、言葉で苛《いじ》めてくる。

大きく開かされた亜弓の女陰に下腹部が擦れ、二枚貝の中のクリトリスが圧迫されて気持ちよい。遠い刺激だったものが確かな快感へとなり、割れ目から小刻みの痙攣が湧き起こる。

「ああ、良い眺めだ。なんていやらしいんだ」

立花は真正面の鏡の中と結合部を交互に見つめてにやりと笑う。太い指が肉棹の嵌《はま》った膣輪をぐるりと撫で、刺さっているのを確かめる。

「ふううっ！　ああん、いやあ、見ちゃいや」

亜弓は抗うことも出来ず、苦しい姿勢で肉棹の抜き差しを受け続ける。蜜に塗れゼリーのこびりついたペニスは、ずるりと糸を引き、繰り返すピストンに膣輪の周りに泡を吹いた露が環状にこびりついてくる。

女穴とクリトリスを同時に刺激され、こみ上げる快感の波がすぐそこまで押し寄せる。

「うっ、あ、締め付けるぞ。欲しいのか、もう、うう、あっ」

立花がスピードを上げて腰を突き出してきた。薄い膣粘膜は、中に潜る肉杭の極度の太さに耐えかねて、裂けそうに軋む。

「はあっ、あ、あ、あ、イくう、イくわっ……ちょうだいっ、中にちょうだいっ」

「出すぞ、う、う、ううっ！」

パンパンと乾いた腹打ちの音が断続的に響いたと思うと、立花が根元までしっかり押し込んで動きを止めた。

「はああっ！」

大きな突き上げの衝撃に亜弓の体がソファからずり落ちた。亀裂から湧き起こったアクメが波状に広がり、太腿を痺れさせる。背筋に鋭い快感が走り抜け、ソファから落ちるのも構わず顎を突き出して絶頂を感じている。

「うっ、うあっ」

立花は亜弓のウエストをしっかりと摑むと、華奢な腰めがけて怒張から精を発射する。膣の中で肉茎がピクンと跳ね天井にぶつかるのがわかり、亜弓は睫を震わせて白濁汁が飛び散る瞬間を味わった。

臀に食い込む指が痛い。

「うっ……うう」

立花の腰が二度三度押し付けてくる。亜弓はそのたび白い放物線が放たれるのを瞼に描き、唇をわななかせる。

心地よい快感がいまだに続き、ヴァギナの筒を震わせる。太い棒を締め付けるたびに子宮口あたりに芯があるような気持ちよさが込み上げ、また奥を締めてしまう。

「いっぱい、いっぱいちょうだい……」

亜弓は瑠璃子なんかにはあげない、とライバル心を燃やし、肉茎に纏わりついてゆく。ワインボトルのコルク栓のように女穴に蓋をされたまま、中で精液が熟成してゆくのを待つ。

「うう、ああ、もう痛いくらいだ」

立花は亜弓の締め付けにそう零すと、一気に棹を引き抜いた。

「あんう……」

堰《せ》き止められていた濁り汁が、狭い膣内に留まりきれず亀裂からとろりと滴るのを細い指で掬う。生温かなヨーグルトの乗った指を見つめ、亜弓はうっとりしゃぶりついてゆく。

今頃緋肉の畝々に撒《ま》かれた無数の子種が、じわり浸透していっているだろう。

「亜弓は、いつの間にそんなに淫らになったんだ」

果てた立花がソファに腰を下ろして、割れ目に指をさ迷わせる亜弓を見下ろして訊ねる。

初めて面接に訪れたときは楚々とした音大生にすぎなかったが、立花に気に入られて愛撫を受けるうち、身も心もすっかり艶かしく大人になってしまった。地下室に案内され、見ず知らずの男女の交わりを見せ付けられたときから、亜弓の中の欲情は止められないほど膨らんでいた。

「さあ、いつからかしら……今度は瑠璃子が禁断の蜜を味わうことになるのね」

初心な瑠璃子が淫らな罠に脅えつつ恥じらいに頬を染めるシーンが脳裏に浮かび、亜弓は内心で嫉妬しつつも妙案に、ついほくそ笑む。

「そういうことだ」

「はあぁっ……」

亜弓の割れ目を舌のざらつきが襲った。淫汁に塗れたぬかるみを立花の唾液がさらに濡らしてくる。

亜弓は目を閉じて感触を愉しんだ。そして秘密の誕生パーティを思い描き、瑠璃子を性に目覚めさせて弄んでみたいという淫らな心が芽吹くのを感じていた。

第五章　仕組まれたパーティ

1

瑠璃子は大学の中庭に面したベンチで、一人、白いスカートの膝に広げた楽譜の上で指を動かしていた。遠くで昼休みが終わる鐘の音がする。

「あ、入江先輩」

ふと視線を上げたそこに、亜弓が手を振って歩いてくる。紺色のワンピースが夏の日差しをくっきりと切り取ってさわやかだ。

「この前もここで会ったわね」

亜弓がポニーテルを揺らし、瑠璃子に小首をかしげる。笑顔につられて瑠璃子も頬を弛める。

「伊集院さん」

瑠璃子は腰をずらして亜弓に席を譲った。

「あら、ありがとう。どう、元気にしていたの？　最近お店にいらっしゃらないから心配していたのよ」

「すみません、ちょっと忙しくて」

瞳を伏せる瑠璃子の横顔を、亜弓がじっと見つめてくる。パールのイヤリングが揺れる耳たぶまで熱くのぼせてくるのが分かり、瑠璃子は平静を装おうとゆっくり息を吐く。

屈託のない問いかけに、本当の理由を口にすることなどとても出来ない。

そんな瑠璃子の心中を見透かしたように、亜弓が顔を寄せて優しい声で囁く。

「伊集院さんて、七月二日がお誕生日でしょう。二十歳のバースデイパーティをVivaceで開かないかって立花さんが提案しているの」

思いも寄らない話に、瑠璃子は驚いて顔を上げた。それに久しぶりに耳にする愛しい立花の名に心が震えてしまう。もう立花と長いこと会っていないが、目の前の亜弓はアルバイトで週に二度は会っているのだと思うと羨ましく、すこしでも立花のことを聞き出したくなってしまう。

「立花さんが」

「ええ、それで、お見えにならないからお声をかけるチャンスがないので、私にお誘いしてきてくれないかって、言われたの」

そんな気遣いをされては、せっかく落ち着いていた心が揺れてしまう。あの日以来言葉を交わしていない瑠璃子は、立花に一度会って、気持ちを確かめたいと思っていた。だが佐々木の手前もありなかなか足を運べずにいた。

誕生日パーティならば、良い言い訳になるかもしれない、それに亜弓の顔をつぶすわけにもいかない……瑠璃子は躊躇《ためら》う唇をあけてはつぐみして、黙り込んでいる。

「そんな、私なんかのために」

瑠璃子は風にそよぐ髪を耳にかけ、指先でパールの粒を弄ぶ。

「伊集院さんは誰よりも大切なお客様だ、っておっしゃってたわよ」

誰よりも、のところにアクセントがつき、瑠璃子の中で膨らんでゆく。それは好意を抱いてくれてるということなのか、恥ずかしい思い出とともに乙女の胸は悩みでいっぱいになり、逡巡《しゅんじゅん》する。

「いえ、そんなこと……」

「うふふ、いらしてくれるわよね。立花さんのご提案ですもの」

覗き込むようにして微笑みかける亜弓の言葉に、瑠璃子は作り笑顔で頷いてしまった。

「は、はい、喜んで」

「そう、よかったわ。それじゃ、二日の夜、お店でね」

「はい、分かりました」

「あ、その夜はお友達は誘わずに、一人でいらしてくれるかしら。私と立花さんでお祝いしてさしあげたいの」

そう言い残すと、亜弓はベンチを離れ、中庭の薔薇《ばら》のアーチを潜《くぐ》り抜けて去っていった。ワンピースが陽を浴びて濃いブルーに染まっている。

「一人で……どうしてかしら」

最後の言葉が胸にひっかかるものの、素直な瑠璃子は言われた通りに誰にも口外しないでいようと決めた。そのほうが秘密めいていて素敵だし、友達とはまた別にパーティを開こう、と思った。そう決めた途端、心が軽くなり何故だかうきうきしてくる。

瑠璃子は、亜弓と立花とで祝ってくれる二十歳の記念日を思い描き、譜面を閉じると、午後の授業に向かった。

2

亜弓との約束のパーティの夜が来た。

昨夜から瑠璃子は形容しがたい不安に悩まされ眠れずにいたが、いざ出かけるとなるとやはり嬉しさが勝る。

授業を終え、化粧室で髪をアップにして大ぶりなパールのイヤリングをつけると、はずむステップで大学の正門を出る。

「お嬢様、今日こそはお乗りいただきますよ」

門の前で佐々木が立ちふさがっている。

いつもなら通用門から帰ったり、授業を抜け出したりと、佐々木に見つからぬようようまくかわしてきたのに、こんな大事な日に限って鉢合わせしてしまった不幸に出鼻をくじかれた思いがする。

「佐々木さん……そこを通して」

瑠璃子はやぶにらみな佐々木に脅え、一歩後ずさりする。

今夜のために用意した黒のサテン地のタイトワンピース姿を見られることが恥ずかしい。キャミソールタイプの肩紐が華奢な肩にくっきりと浮かび、その上に羽織ったレースのカーディガンが甘い雰囲気を残している。

せっかくの二十歳の誕生祝いだから、瑠璃子は背伸びして色っぽい装いを試してみたかった。

いつもはフレアスカートに隠れていたボディラインが際立ち、意外なほどのメリハリが艶かしい。

ひと味違う大人びた服装に、制帽の下の佐々木の目が細まる。

「何をおっしゃいます。さあ、私がお父様に叱られますから」

佐々木は車のドアを大仰に開けて、瑠璃子を招き入れる。

下校時刻にもなると、大学の門は帰路につく学生たちで賑わい、誰もが磨き上げられた黒塗りのロールスロイスに目を見張り囁き合う。もっとも、高級車だけなら他の金持ちの学生も乗り回しているが、運転手付きとなると他には類を見ない。誰もが羨む反面、過保護にされている瑠璃子を冷やかす声さえ聞こえてくる。

瑠璃子はそんな周囲の声に耐えがたくなり、エナメルのピンヒールの爪先を揃《そろ》えてしぶしぶシートに腰を下ろした。

「それで結構です」

ハンドルを握る佐々木は、前にもまして上から目線だった。

いつも逃げ回って地下鉄通学している間に、佐々木は大人しくなるどころかふてぶてしくなっている。

「Vivaceへ行って」

負けじとやや強い口調で命じる瑠璃子に、前を向いたままの佐々木の肩がピクリと振れた。

「……はい、かしこまりました」

感情を抑えた低い声が短く答える。

「お誕生日のパーティでもあるのですか」

「…………」

「二十歳におなりになるとはいえ、くれぐれも飲みすぎにはお気をつけください。あそこはなんでも地下に立派な秘密のワインセラーがあるようですから」

昴ぶる瑠璃子は佐々木が意味深に（秘密の）というところを強調したのに気付かなかった。

無論、佐々木が今夜の謎めいたパーティを予見しているなど思ってもみなかった。

ただ、地下室のことを耳にしたときばかりは、それだけで腋下に汗が滲んでサテンに染み込んでいくのを感じていた。

「待たせてごめんなさい。今日はよく来てくれたわね」

「先輩、こちらこそお招きいただきましてありがとうございます」

瑠璃子は食前酒のグラスを持つ手をとめて、グリーンベルベットのロングドレスを纏ってテーブルへやってきた亜弓に会釈する。

店についてからずっと一人にされていた瑠璃子は、ピアノを一通り弾き終えた亜弓に会えてほっとした表情を浮かべ席を勧める。

窓際のこぢんまりとした二人がけのテーブルは、ちょっと奥まっていて落ち着く。いつもなら真ん中の大きな丸テーブルで友達と賑やかにおしゃべりしている瑠璃子には、すこし淋しいくらいの地味な席でもある。

「あら、それおいしそうね」

瑠璃子は、皿の上に品よく盛り付けられたキャビアや蟹肉の冷菜に目を落とした。大ぶりのタラバガニのゼリー寄せを、細かく刻まれた夏野菜が取り囲んでいる。クラッシュしたゼラチンが氷菓子のように涼しげで、フォークの先で触れるとぷるんと揺れる。

「ええ、とっても」

「驚いたでしょう、一人ぼっちで座らされて。ふふ、でもすぐにサプライズがあるから楽しみに待ってて」

対面のチェアに浅く腰掛けた亜弓は、白いテーブルクロスの上にしなやかな腕を伸ばし、瑠璃子の手にそっと触れた。

「サプライズ？」

ハート形に尖らせた唇が、淡いピンクのグロスに彩られて艶かしく光る。耳たぶから垂れるティアドロップの真珠が微かに揺れている。

「そう、アペリティフがすむ頃に、ね」

いかにも楽しそうに話す亜弓に、瑠璃子は意味が分からぬままにつられて微笑む。

「ようこそ、いらっしゃいませ」

背後からの懐かしい声に、瑠璃子が振り向いた。

いつものダークスーツを着こなし、両手を揃えてスマートに立つ立花がにこやかに微笑んでいる。

瑠璃子は立花に会えた喜びと恥ずかしさで、つい目を外してしまう。大人びた黒のドレスの胸元に注がれる視線すら分からず、立花を見上げてはまた俯きを繰り返す。

「伊集院さま、お誕生日おめでとうございます。二十歳の記念すべきこの日に当店にお越しくださいまして誠に光栄です」

「いえ、こちらこそ……」

瑠璃子はフォークを置き、手を膝に揃えると指先をいじいじと擦り合わせて高鳴る胸を鎮めようとする。

「さて、アペリティフをお召し上がりいただいたところで、本日はこの後特別なセレモニーを用意しております」

立花が瞳をくるりと回しておどけた様子で瑠璃子を見つめる。懐かしい瞳に見つめられ瑠璃子はうっとりと睫を瞬かせる。

「よろしければ、こちらへ」

立花が椅子を引くのを手伝い、瑠璃子に立つように促す。

「え、ど、どこへ」

だが、立花はそれには答えず、口髭の下の唇を上げて微笑むばかりだ。

「さあ、じゃ、私はまた演奏してこなくちゃ。楽しい時間を過ごしてね、伊集院さん」

亜弓はそう言い残すと、ドレスの裾を引き摺ってグランドピアノのほうへ去ってゆく。

「あ、せ、先輩……」

「こちらへおいでください、伊集院様」

立花の声に、瑠璃子は亜弓を追っていた視線を戻し、ヒールの爪先を絨毯の上に踏み出す。

今から始まる何かを前に胸が高鳴る瑠璃子には、亜弓と立花の間に交わされた妖しい視線など気付く余裕はなかった。

3

瑠璃子は、慣れない真新しいピンヒールの足音を忍ばせて、螺旋階段を降りる立花の背を追う。胸に抱いたクラッチバッグのクリスタルがきらりと光る。

アール・ヌーヴォー調の手すりを撫でながら一歩一歩階段を降りるごとに一階フロアの賑やかなざわめきは遠のき、地下からうすぼんやりとした明かりが漏れてくる。

ひんやりと心地よい温度と湿度が足元からじわりと忍び寄ってくる。ワインの貯蔵に適した環境は人間にも心地よいのではないかしら、と考えながら、瑠璃子は目を細めて漂う甘い香りを吸い込んだ。

こうしていると、初めて地下を案内された日のことが肌に耳に、瞼に甦る。

地下は、すぐ上にレストランのフロアがあるとは思えないほど静まり返っている。足音だけが響き、かえって緊張が昂ぶってくる。

一番下まで降りた立花が、ふと優しい目元で瑠璃子を振り返る。喧騒を抜け出したふたりは、何か秘め事でも企んでいるかのように、目と目を合わせて微笑みあった。

あれほど不安に思いまた恋焦がれていた立花が、すぐ前にいて瑠璃子だけに微笑んでいると思うと、それだけで心の中が蕩けてしまう。二十歳にもなって初めての恋を味わうとこんなにも重症になってしまうのだと、もう一人の自分が囁いている。

「やっと、二人きりになれましたね」

「え……」

まるでそうなるのを待ち焦がれていたかのような立花に、瑠璃子の唇がふわりと解ける。すっかり頬を染め、大人びたワンピースに不釣合いなほど少女っぽさを残したはにかみ顔が小鼻に皺を寄せて笑っている。

「淋しかったですよ、最近店に来てくれないからどうしようかと思った」

立花の口調が和らぎ、瑠璃子のウエストに手が回るとワインボトルが整然と並ぶ棚の間で抱き寄せられた。

ヒールの爪先がくるりと床でスピンし、儚い体が逞しい腕の中に包まれる。

「あんっ……」

思いもよらぬ艶かしい声を漏らしてしまい、瑠璃子は胸を押しつぶされながらも恥じらいに頬を染める。

「この前も、此処でこんなことをしましたね」

初めてのキスを交わした夜のことを思い出され、恥ずかしさに体の芯まで縮み上がってしまう。淡い恋の思い出であるはずが、いきなりディープなくちづけを交わされ、そのうえあんなシーンまで見せつけられたのだから、とても穏やかでいられない。

そういえば今日はあの艶かしい息遣いが地下に響いてはこない。本当に二人きりなのかもしれないと思うと、シャイな瑠璃子もほんの少し気持ちにゆとりが出来る。

立花に抱き寄せられ、唇が触れるほど傍でそう囁かれた瑠璃子は、うっとり愛しい顔を仰ぎ見て頷いた。また此処で接吻を受けるものと思い唇を硬くしていたら、立花は瑠璃子の腰を抱いたまま前を向いて緋色のカーテンに近づいてゆく。

「今日はあっちへ行こう」

「え、あっち、って」

瑠璃子は膨らむ予感を鎮めながらも、上ずった声は隠せない。ついにそんな日が訪れるかと思うと、ついてゆく足も小刻みに震えてしまう。

「さあ、おいで」

立花の腰を抱く指先に力がこもり、瑠璃子は恥ずかしさに身を硬くする。サテン地のタイトなワンピースは布越しのタッチがじかに感じられ、逃れようがない。身を捩れば捩るほどドレスの下の体の動きがダイレクトに伝わってしまう。

立花は薄暗いワインセラーの列を、その突き当たりにある緋色の緞帳目指してまっすぐ進んでゆく。

　まるで劇場の舞台に掛かる垂れ幕のような深いレッドが瑠璃子の目に大きく迫ってくる。あの緞帳の向こう側で繰り広げられていた淫らなシーンが脳裏に渦巻く中、初心なお嬢さんにはまだ早いと言われたあの幕の向こう側へ、ついに足を踏み入れる日が来たと思うと、瑠璃子は喜びと畏《おそ》れで強張る体を悟られぬよう気丈に振舞って見せる。

「ここは……」

「ようこそＶＩＰルームへ」

　立花が重たい緞帳を捲ると、中にはあの日のまままばゆいシャンデリアが煌々と灯り、ワインレッドのソファに、毛足の長い黒絨毯が敷き詰められていた。突き当たりと左右の三面は床から天井まで伸びる鏡に囲まれ明かりをきらきらと反射して目が眩みそうになる。

ただ、違うのは端に寄せられたテーブルの上にワインボトルとグラスがふたつ、そしてリボンで結わえられた白い薔薇の花束が置いてあることだった。

「今日から二十歳、大人の仲間入りですからね。今夜は貸切ですよ」

　立花が背を軽く押し、瑠璃子に中へ入るよう促す。初めて踏み入るＶＩＰルームの絨毯はふかふかでエナメルパンプスの爪先がもぐり込んでしまうほど柔らかい。

「よ、よろしいの？　ここに座っても」

「もちろんです。くつろいでください、ああ、これは私からのプレゼント」

立花が薔薇の花束を手に、隣に座る瑠璃子に差し出した。淡い生成り色の小ぶりな花弁が愛らしい。

「まあ、ありがとうございます、素敵なお花」

「花言葉は『恋の吐息』、そして『私は処女』。どう、ぴったりでしょう」

瑠璃子は瑞々しい香りを放つ花束に顔を埋めながら、処女と見抜かれていることに睫を伏せた。

ぎこちない振る舞いから見破られてしまうのだろうが、そうはっきり口にされては恥ずかしくて目も上げられない。幸い薔薇の香りに気をとられている振りをして聞き流してみる。

「美しい薔薇には棘《とげ》がありますが、伊集院様にもあるのでしょうか」

立花は意味深な瞳で微笑み、瑠璃子の腕から花束を取り上げテーブルに戻すと、その手で頬を包んできた。

「知ってみたいと思っては、いけませんか」

ワインの匂いと薔薇の香り、そして憧れのＶＩＰルームが瑠璃子を酔わせて、気障《きざ》な台詞もくすぐったく、つい笑みを零してしまう。

「立花さんがよろしければ、私は……」

控えめなイエスを告げる唇がふいに塞がれた。懐かしい立花の感触がピンクグロスを押しつぶしてゆく。

「んふっ……ふうう」

いきなりの口付けに、まだ準備できていなかった瑠璃子の胸は大きく波打ち、鼓動が苦しいくらいに速く打つ。求めていた甘い蜜が流し込まれるように、瑠璃子の中にあたたかなものが広がってゆく。

立花の唇がやさしく瑠璃子の唇と重なる。下唇を捲り、下から上へ撫でるようにして瑠璃子の中へ潜り込んでくる。

「むうう、ふふっ」

口髭が上唇をチクチクと刺し、くすぐったい。これが立花の感触なのだと、瑠璃子は懐かしんで動きに応えようと唇をうごめかす。

立花の手が頬を包み、そのまま耳裏に爪をたてて掻く。微細な刺激がかえってここちよく、瑠璃子は神経を集中させて感じようとする。すうっと背筋が寒くなるような快感が走り、つい声を漏らしそうになるのを堪える。

「今日は我慢しなくていいんですよ、感じるままに声を出して」

立花のリードに、瑠璃子は次第に体を解いてゆく。固く蕾《つぼ》んでいた薔薇がはなびらをくつろげるように四肢から力が抜けソファにもたれ込み、唇だけがうねうねとうごめく。

上唇が捲られ、歯と歯が触れ合って舌が顔を出すと、そのまま縺れ合い慰め合う。まるで男女が体を交わらせるごとく、舌先だけで交わってゆく。

「ふうう、あ……ん、立花さ、ん」

愛しい名を漏らし、ソファの背と分厚い胸板に挟まれた体でその圧力を感じ満たされてゆく。身動きのとれない瑠璃子の胸に立花の手が這い登り、下から持ち上げる。サテンのドレスは体に密着し、指の動きがじかに伝わる。ひたひたと歩み寄る五本指が丸い果実を摑むと、下からゆっくりと揉み上げてくる。

「ああ、柔らかい」

立花の囁きに、瑠璃子は肩をすくめてはにかむ。だらりと伸ばした腕をどうしたものかと考えあぐねながら、恋人同士がするように恐る恐る立花の背に巻きつけてみる。

もぐり込んできた舌は瑠璃子の舌に絡みつき、ざらつきを擦り合わせて粘膜の奥まで交わろうとする。積極的な動きにつられ瑠璃子もまた無心に舌を絡めてゆく。背に回した腕に力を込め立花を掻き抱く。

「こんなこと、したかったんでしょう」

「……んんっ、むうう」

瑠璃子はこれまで以上に求めてしまう自分を恥じながらも、一時も離れたくはなかった。いまはただこうして身を擦り合わせているだけで、芯から蕩けてゆきそうな甘いムードに酔いしれて腰まで揺れている。

ソファに沈み込んだ尻は小さくくねり、腿と腿を擦り合わせる。秘所は早くも収縮しはじめ、亀裂からとろりとした蜜が滲んでくる。

上顎をくすぐっていた舌先が力を抜き、立花が唇を離した。生温かい唾が糸を引き、ふたつの唇の間を細くつないでいる。

「そうだ、二十歳の記念にワインで乾杯しましょう」

「あ……ん」

名残惜しい瑠璃子は、つい甘えた声で唇を尖らせる。まだ接吻を続けて欲しいといわんばかりの表情を浮かべ、立ち上がった立花を目で追う。

いましがたまで接吻に溺れていた唇に指を添え、湿り気を感じて瞳を伏せる。

「極上のイタリアン・ワイン、ちょうど二十年物を選びました」

テーブルからボトルを取ると、ワインオープナーで器用にコルクを抜く手さばきが見事だ。ボトルを傾けふたつのグラスに静かに注ぐと、鮮やかな赤いワインがみるみる満ちてゆく。

立花は鼻腔を膨らませて芳醇な香りを嗅《か》ぐと、瑠璃子に目配せをする。つられてグラスを手にとり香りを嗜《たしな》む瑠璃子は、噎せるような甘い香りに目を細め頷いた。

「さあ、素敵な夜のはじまりに、乾杯」

「乾杯」

瑠璃子は勧められるままグラスに口をつけると、立花をちら、と見つめてワインを飲んだ。甘酸っぱいフルーティな味が口いっぱいにひろがり、緊張で渇いていた喉を潤してくれる。まるで命の水のように喉から胃へ伝わり、体の中に染み込んでいく感じがして、瑠璃子は二口、三口と続けた。

「うふ……おいしい」

「そうでしょう。特別にお取り置きしておいたワインですから。もっと召し上がってください」

「あん、そんなに、私……」

立花に勧められては断りづらく、瑠璃子は無理をして唇を潤す。口当たりの良いさわやかなワインはまるで草原を渡る風のように瑠璃子の中を駆け巡り、あっという間に酔わせてしまう。

「こんな美しい方とふたりきりでワインを愉しむなんて、僕にとっても記念すべき夜になりそうですよ」

になる。

「いやだ、立花さんた、ら」

流麗な褒め言葉にはにかむ瑠璃子は、早くもアルコールが回り手からグラスを落としそう
「あん、やだ、ごめんなさい」

ドレスから覗く膝に赤い水が滴り落ちた。黒いドレスは幸いにも色に染まらず、水分を弾き返し、丸い滴となったワインがころり、と内腿に転げて止まった。

瑠璃子ははしたなさに頰を染め、あわてて指先で滴を拭《ぬぐ》った。ナイロンのストッキングはそこだけ水分の跡が弾かれ、艶かしくてかっている。

「かまいませんよ」

立花は瑠璃子の手首を強く握り、ワインに濡れた中指にくちづけをした。ちゅっ、と音をたてて吸い立てると、舌を伸ばして指を丁寧に舐めはじめる。下から上へ何度も角度を変えて舐めては、時折瑠璃子を盗み見る瞳が淫靡に見つめてくる。

「んふっ、くすぐったいわ、いやん、よして」

立花が執拗に瑠璃子の指を舐め、唇を押し当てるとそのまま呑み込んでくる。

「あ、あ……」

しっかりと根元まで咥えてはまた指を抜き、指と指の間を舌先でくすぐってくる。指だけ

を愛撫されているというのに、瑠璃子の秘所はまたぬるりとした汁を滴らせ、尻が落ち着かない。

「どうしました、お尻が揺れてますよ」

立花は含み笑いを残して指を離すと、床に膝をつき、瑠璃子の腿に顔をつけてストッキングの上から舐めてくる。舌とナイロン目のざらりとした感触がくすぐったく、瑠璃子は腿を閉じて爪先をきゅっと揃えた。

「ああ、ここまで零しちゃって……もっと奥まで拭いておかなくちゃ」

立花の手が膝小僧を左右に割ってくる。

「あ、いや、あ……」

真正面から秘所を覗かれる格好に、瑠璃子は恥じらって股を閉じようとするが、酔いの回った体は力が入らない。それに立花の口髭が腿をくすぐって心地よく、下半身が崩れてしまう。

「せっかくのドレスが汚れてしまいますよ、さあ」

立花が裾を捲り上げ、パンティの三角布がちらりと顔を出した。ベージュのナチュラルストッキングの下に押し込まれた黒いレースが艶かしい。

「いや、あ、やめ……て」

だが、言葉では抗いながらも瑠璃子は尻をよじり、こみ上げる気持ちよさに耐えていた。チロチロと内腿を舐められる感触が焦れったくてたまらない。真正面から秘所を垣間見られている恥ずかしさも瑠璃子を焚きつけ、尻がゆらめき中から蜜が蕩け出してしまう。

膝からクラッチバッグが滑り携帯電話が落ちる。だが、そんなことには構わず二人は縺れ合ってゆく。

立花が瑠璃子のふくらはぎを軽々と持ち上げるとスカートの裾を捲り上げ尻を丸出しにする。

背中に回った立花の手が器用にジッパーを下ろすと、サテンのドレスはゆるりと垂れ、剝ぎ取られてソファの背に掛けられる。

「きれいだ、なんて美しい体なんだ」

耳元に熱い息がかかったかと思うと、立花が伸し掛かってきて瑠璃子をゆっくりとソファの上に横たえる。

アップにした髪は解かれ、テーブルに置かれたバレッタのラインストーンがきらりと光っているのが見えた。耳たぶに垂れる真珠のイヤリングは揺れ、足先からエナメルのパンプスがことりと音をたてて床に落ちた。

瑠璃子は瞼をうっすらと閉じ、天井を見つめた。吊り下がったシャンデリアは煌々《こうこう》と裸体を照らし、ブラジャーとパンティ、それにストッキングだけのあられもない姿の瑠璃子の肌が桜色に染まっていく。

「ああ、いや、見ないで、ねえ、見ちゃいや」

瑠璃子は恥ずかしさに顔を覆うと、足をばたつかせて懇願した。まな板の上の鯉のごとくソファに寝そべった女体は、どこを隠すことも出来ず白日の下に晒されている。

立花の手がブラジャーのストラップを外し、レースのカップを捲る。たわわなバストは横へ広がり、その頂に赤い蕾がしこり勃っている。

「あ、はあああっ！」

ピンと張った乳首の上をごつい指が掠めた。表面を撫でるやさしいタッチが心地よく、全身に鳥肌が立ち思わず背を仰け反らせてしまう。

「もうこんなに勃たせて……そんなに欲しかったのですか」

卑しい体の反応を知られ、瑠璃子は耳まで赤くして体中を火照らせた。熱でもあるのではと思うほどに逆上せ、恥ずかしさで瞳まで潤んでくる。

だが、まだ立花にしか触れられたことのない芽は、恥じらえば恥じらうほどに硬くなり、瑠璃子の意に反して過敏にそそり勃ってしまう。

そんな愛らしい乳首を指先で転がすように弄ばれ、腿と腿をいじいじと擦り合わせて悶える。

「ああん、はあっ……ん、ん、んっ」

床に膝をつき中腰の立花はまるで楽器を操るように瑠璃子の女体を撫で回し、奏でる。それにつれ、瑠璃子は鼻にかかった掠れ声や甲高《かんだか》いよがりを漏らす。

立花の手がストッキングのウエストにかかり引きずり下ろしにかかる。汗ばんだ腿にはりついた繊維は剝がれにくく、瑠璃子は尻を浮かせ身を捩ってやる。

きつい締め付けから解放された肌は汗がひき、脚はだらしなく弛んでくる。

剝がされたベージュのストッキングは横皺を寄せてたるみ、使い終えたコンドームのように力なく床に散った。

「ここはどうでしょう、ああ、もう湿ってる」

立花がレースパンティの船底を撫でて、わざとらしい驚きの声をあげた。指は何度もクロッチを往復し、そのたびに中の露が染み込んでいくのが分かり、瑠璃子は股を閉じようと下腹部に力をこめる。

「ああん、うそ……そんなこと、言わない、でぇ……はああっ！」

乳首と秘所を同時に責められ、言葉が途切れてしまう。もうそれだけで膣の中が激しく収縮をはじめてしまい、敏感な体はソファの上で悶々とくねる。

「ほうら、なんの染みでしょうね。パンティが濡れてきましたよ」

自らの変化を実況されて、瑠璃子は顔を左右に振りいやいやをする。だが、理性では恥ずかしがっていても体は心地よさに痺れ、腰が勝手に上下に揺れている。

「どちらがお好きですか、胸ですか、それとも」

立花が言葉を切り、かわりに中指でクロッチを押し込んできた。瑠璃子の返事を催促するようにトントンとタップして何度も押し込むと、それにつれて黒い生地に楕円の染みが広がってゆく。

「……はああっ」

そんなことにはとても答えられない瑠璃子は、顔を隠したまま返事のかわりに艶かしい息を漏らした。

第六章　陵辱のバースデイ

「ふふふ、それでは、ちょっと大人の愉しみかたをしませんか」

立花は妖しい含み笑いとともに瑠璃子の体から手を離すと、ソファの横からなにやら黒い布きれを取り出した。

大人の愉しみという言葉の淫靡な響きが瑠璃子の中で膨らんでゆく。ソファに寝そべったまま首だけをよじり、顔を覆っていた手を外して立花を見守る瑠璃子は、その手のなかにアイマスクを見つけた。

「え……何、なさるの」

「恥ずかしがり屋さんにとっておきの方法です。性感がぐっと増しますよ」

立花が瑠璃子の目にアイマスクを宛がい、両手を押さえつけて馬乗りになった。

「きゃっ、あ、立花さ……怖いわ、ねえ、外して」

突然のことに脅えた瑠璃子は声をあげて訴える。真っ暗に遮光された世界はひとりぼっちの孤独と、何をされるか分からない恐怖で瑠璃子を混乱させる。

アイマスクから覗く眉間の皺が悩ましく、赤く濡れた唇が一層目立ちそこだけが色づいた生き物のようにうごめいている。

両手を押さえ込まれた瑠璃子は身をくねらせて抗うしかなく、捲れかけた黒いブラジャーから零れ出た乳房が左右に揺れるだけだった。

「大丈夫ですよ、私にすべてを委ねて……気持ちよくなることだけを考えて」

「ふううっ……うくう」

ブラジャーのホックが外され、剝ぎ取られたところに、口髭のざらつきが走った。柔らかな白い胸を慈しむように、髭の愛撫が施される。決して尖りに触れることなく、同心円を描いてわざと乳首を避ける刺激がたまらない。

「んんっ、ああん、はああ」

「もっと言ってごらん。どこをどうされたいの」

瑠璃子は恥ずかしくて唇をつぐむが、体は弓ぞりになり木の実を弄ってくれとばかりに立花の口元へもってゆく。何度も周囲だけを円を描いて刺激された肌は、溶けかけのヴァニラアイスクリームのように鳥肌立ち、赤い突起が痛々しいほどしこっている。

「ああん、立花さん、意地悪う」

「意地悪じゃありませんよ。どこがいいのか教えてください」

あくまでも丁重な物言いが、かえって瑠璃子を焦れったくさせる。こんなときまでオーナーとしての姿勢を崩さないところが憎らしい。

「そ、こ……そこが変な感じ、あん、触って、おっぱいに触って！」

ついに堕ちた瑠璃子は淫らなおねだりをしてしまった。自らの口から発せられたとは信じたくないが、そう叫ばずにはいられないほど体が熟れてきてしまっている。

「ああ、おっぱいですね。そう、この先っぽですか」

「そうよ、ち、乳首に……乳首に触ってぇぇん」

最後のほうは甘ったるいよがりに変わっていた。立花の口髭がはち切れんばかりに勃起した豆粒を突き、唇で吸い上げた。

「ふううっ！　あ、ん……気持ちいい」

立花が、ちゅっ、と派手に音をたて、何度もしゃぶりついては放し、を繰り返す。そのたび心地よい刺激が伝わって、瑠璃子の膣壁が収縮する。

「うふう、ああん、もっと、もっと吸ってぇ」

瑠璃子は背を反らして胸を吸ってくれとばかりに差し出す。立花の鼻先が豊かなバストに減り込んでくるのがわかる。胸から腹にかけて密着し、立花のごわついた感触がパンティだけの瑠璃子の肌を刺す。

瑠璃子は秘所のあたりに触れる硬いものを感じて、息を呑み恥ずかしさに体を熱くさせた。これが男の勃起というものか、とY字を突いてくる異物に戸惑った。

「そんなに欲しいのですか」

立花の言うとおり、視覚を遮られると、触覚や聴覚が研ぎ澄まされ、触れるものすべてがいつもより刺激的に感じられる。耳元にかかる立花の息も湿度と熱を帯び瑠璃子のうなじをくすぐり、湿った声質がよけい淫靡さを増して響く。

それだけでもう瑠璃子の割れ目は汁を滴らせ、パンティをじっとり濡らしてゆく。

「だって、ああん、たまらないの。ここも変な感じがしちゃう」

瑠璃子は人魚のように下半身を波打たせ、立花の下腹部に押し付けてねだる。そんなはしたないことをする自分に恥じ、羞恥がさらに瑠璃子を昂ぶらせる。

ズボン越しの肉杭に割れ目を擦り付けているだけで、縦筋をなぞられるような心地よさが湧き起こり、瑠璃子はうんと腰を前後させて求めてゆく。

「ああ、自分で腰を動かすなんて、いやらしいお嬢さんだ。お汁でズボンが汚れてしまいますよ」

立花はそう言うと、瑠璃子の腕を押さえつけていた手を離し立ち上がった。

今まで密着していた体が離れ、取り残されたような不安に陥る瑠璃子は、立花を探して腕を伸ばす。

「さあ、濡れ具合を確かめてみましょうか」

瑠璃子の足首がぐいと引っ張られ、膝を大きく割られる。

「きゃあっ、た、立花さん、どこ、どこにいるの」

「ここですよ」

くぐもった声が股の間からしたかと思うと、パンティのストリングに指がかかりゆっくりと剝がされてゆく。きついゴムが肌に赤い痕をつけているのも生々しく、立花が指を伸ばして触れてくる。

「うわあ、すごい、糸まで引いている」

パンティの船底と縮れ毛の間に透明の露が糸を引き、やがてぷつんと途切れるのを立花が言い聞かせる。黒いパンティの内側には白く濁ったおりものが付着し、瑠璃子の濃さを示している。

「いやあ、言わないで」

「びちょびちょですよ。どうしたんですか」

パンティが足首から抜かれ、一糸纏わぬ女体があらわになる。瑠璃子は目だけを隠したいびつな姿で寝そべり、乳首を尖らせ股を開いた格好で立花の視線に晒されている。

「ああ、良い匂いだ。牝の匂いだ」

遠くで鼻を鳴らす音だけがして、瑠璃子は両手を前へ伸ばして立花の実体を探そうとする。何を嗅がれているのか想像するだけで恥ずかしさに割れ目が膨れ上がり、また、きゅう、とすぼまる。

「あうんっ！　はああ……あ、や……」

立花がふたたび股の間に顔を沈めてくる気配に、内股の産毛が逆立ち、足指をバレエのトゥのように伸ばして寒気に耐える。

縮れ毛を掻き分ける指が肉ビラを押し開き、中の熟した果実をあらわにした。女汁に塗れた秘所がぱっくりと開き、外気が流れ込んでひんやりとする。

「ふううっ、あ、あ……」

二本の指で広げられた女陰の縦筋に、上から下へ鋭い心地よさが走った。

「あああ、クリトリスをこんなに膨らませて、もう感じてるんですか」

太い指の腹が肉芽を穿《ほじく》り出すように、下から上、上から下へと往復で縦筋をなぞる。ぬらりとした汁に塗れた肉フリルは滑りやすく、容易に立花の指に巻きついてゆく。

「ふうう、あんう……だって、ああ、気持ちいいの、そこ、そこがいいの」

ビーズほどの小粒だった凸が小指の先ほどの大きさに膨れ上がる。平らな粘膜からそこだけ盛り上がった肉芽は、弄られるにつれ盛り上がり過敏になる。

ジンジンと痺れるような心地よさが秘所を襲い、瑠璃子はどこかに摑まりたくて腕を頭上に伸ばしソファの肘掛けを摑む。

指がスピードを増して粒を弾くたび、変になりそうな強烈な刺激が湧き起こり、瑠璃子は腿を張ってこみ上げる快感の波を感じている。足指を伸ばし筋肉を強張らすと、内腿から膣にかけて心地よさがじわじわ伝わってくる。

立花が、ぬちゃっ、と音をたてて陰部を搔き回すたび、卑猥なＢＧＭに瑠璃子の掠れた吐息が重なって部屋の空気を熱くさせる。

「んふ、あうう、はあっ、気持ちいいの、そこ、ねえ、ぷつんと膨れてるでしょう」

「ええ、レンズ豆のように小さな突起になっていますよ」

「お豆……ああん、そうお豆がいいのっ、ねえ、もっと擦って、もっと擦ってえ」

卑猥な言葉が瑠璃子の愛らしい唇から零れる。それほどまでに感じ、昂ぶり身も心も開かれてきていることに、瑠璃子自身戦きつつも、もはや戻れない。ＶＩＰルームに招かれたからには大人の女としての扱いを受けるのだから、今夜は立花と深いところまで交わり合うのだと心を決めている。

「ああんっ！　あ、あ、立花さん、はあっ……」

立花の口髭が内腿に擦り付けてくる。痛いようなくすぐったさに思わず股を閉じそうになるが、瑠璃子は足指をくねらせて耐える。

「きれいだ、素敵な眺めですよ。花びらを開いた奥にピンク色の花園が隠されているなんて、まだ誰にも踏み入られたことのない秘密の花園ですね」

「ふううっ！　あぬうう、ああ、ちょうだい、もっといやらしいこと、お豆に、瑠璃子にちょうだい」

瑠璃子は腰を浮かせて立花の指をおねだりした。処女であることを何度も指摘されて高まる恥じらいに膣襞がうねる。

小刻みな痙攣が心地よく、そこまで来ている快感の波に乗りたくて、もっと擦ってくれと求めてしまう。

ぬめった縦筋に、生温かいざらつきが下から舐め上げた。

「くううっ！　あ、いや、そんなっ」

指とばかり思っていた瑠璃子は突然の舌に戦いて股を閉じかける。舌は冷ややかな音をたて、ぬるぬるになった筋を優しく舐り、クリトリスを突いてくる。

「ああ、だめ、汚いわ、そんなこと……ふううっ！」

初めてのクンニに後ずさりする瑠璃子の腰をがっしりと掴み、立花が舌を伸ばしてべろりと舐め上げる。唾液と牝汁のまざり合った女陰は、おもらししたかのようにぐっしょりと濡れ、内股が湿ってくる。

「あ、あ、あ、いやあ、ねえ、やめて」

だが、口ではいやと言いながらも、下半身はすっかり蕩け、蜜を滴らして膣穴はせわしなく収縮している。

「そこおっ、ああん、どうしてっ……どうしてそんなにいいのっ、ねえ、お豆が、お豆がいいのぉ」

舌先はいつしか唇にかわり、口全体で秘所を食み強く吸い上げては破裂音をさせて口を離す。その際に起こるビブラートが肉ビラからクリトリスにかけてを震わせ、えも言わぬ心地よさに包まれる。

「あううっ！　はああ……いいの、ねえ、いいの、変になりそうよぉ」

目隠しをされ、初めてのクンニを施され、初心な瑠璃子にはもう充分すぎるほどの刺激だった。これ以上何かされたら本当にどうにかなってしまいそうで怖い。それは絶頂への憧れと同時に恐れでもあった。取り乱した姿を見られる恥ずかしさが、さらに性感を高める。

果肉へのキスを何度も受けるうち、もうそこまで来ているアクメに呑まれそうになる。瑠璃子はソファの肘掛けを摑む指先を白くさせ、四肢を強張らせてこみ上げる快感に息をとめる。膣内がわななき何も突っ込まれていない空洞が虚しく収縮する。

「はああん、イ、イくう！　イくう、立花さ……あ、あ、あ」

「ああ、気持ちよさそうですね、イっていいんですよ、さあ」

耳元に立花の優しい声がした。

「いいの、瑠璃子、イっちゃう、ねえ、ああ」

陰部を吸いたてる唇が激しさを増し、舌も手伝って剝《む》き芽に擦り付ける。

瑠璃子は立花の声がした方向を怪訝《けげん》に思いながらも、もはや反応を止めることは出来ない。

「ああ、ねえ、もうっ……」

そういえば先ほどから口髭の感触がしない。股にうずくまりキスをするのは誰なのか、と疑念が頭をよぎったが、今となってはそんな思考もまとまらず、ただ膣のうねりにまかすほかない。

「あううう、イく、イく、はああっ、イううっ！」

瑠璃子は甲高く叫ぶと、ふくらはぎを張り、腿を硬くさせ、背をのけ反らせた。一瞬、膣がきつく締まり子宮に向かって突き上げるような太い快感が走った。

耳は膜を張られたようにくぐもって、ただ自分の心拍音のみが低く響き、体は宙に浮くような無重力感に包まれる。

何秒間、そうやって止まっていただろう、やがて瑠璃子は引き潮に足をとられるように深い淵に落ちてゆきながら、アイマスクが外されるのを感じて眉を寄せた。

「んふう……」

暑苦しかった箍《たが》が外され、目の周りに涼しい空気が触れて心地よい。瑠璃子はきつく閉じていた瞼をひくつかせ、ふりそそぐ光を感じていた。

暗闇に慣れた目にはシャンデリアが眩しすぎる。ゆっくりと薄く瞼を開けたそこには、逆光の立花が見下ろしているのがぼんやりと見える。

「ああん、立花さ……」

心地よい波間に漂う瑠璃子は、ふくらはぎの力を抜き、だらりとソファに沈み込んでいたが、次の瞬間、異変に気付き、血相を変えて視線を泳がせた。

そこには唇をぬらぬらと濡らしながら皮肉な笑みを浮かべる桜井がいた。

「な、何、これ」

瑠璃子は股間にうずくまる桜井と、瑠璃子の頭上から見下ろしてくる立花を交互に見て、言葉を失った。

慌てて股を閉じようとしても、桜井の手がそれを許さない。もはや一糸纏わぬあられもない姿でアクメにまで達したところを見られた瑠璃子は、恥ずかしさのあまりソファに身を伏して前を隠そうとする。

「桜井様からのお誕生日のお祝いですよ」

立花が相変わらず慇懃な言葉遣いで説明をした。

「そんな……い、いやっ、放してっ」

瑠璃子は必死でもがき魔手から逃れようとするが、小柄な桜井の手は意外なほど強く足首を掴み、びくともしない。

普段邪険にして相手にもしなかった桜井が、やはり男だったことを思い知らされて戦く。

「瑠璃子さん、二十歳の誕生日おめでとう。やっと会ってくれましたね」

「何言うのっ、そんなこと私」

「こうして特別な夜を迎えられて嬉しいよ」

瑠璃子はにやつきながら足首を左右にじりじりと広げてくる桜井を睨みつけた。だが、いくら怖い顔をしてみせても、所詮は囚われの身、裸のまま男二人に取り囲まれてはどうすることも出来ない。悔しさに下唇を噛む。

「桜井様、どうぞ存分にお愉しみください」

立花は桜井に微笑みかけると、瑠璃子を一瞥して頷いた。なんの策略が働いていたのか知らない瑠璃子は、立花に裏切られた恐ろしさと悲しさですがるような目を彷徨《さまよ》わせる。

「そうですか、じゃ、お言葉に甘えて」

桜井は淫汁に塗れた唇を横にひき薄笑いを浮かべると、足首から手を離し瑠璃子を見つめたままスーツを脱ぎ捨てた。ネクタイを勢いよく抜き取り、シャツのボタンを外してゆく。ひとつひとつの所作がこれから起こる嵐を予感させ、瑠璃子は足を縮めてソファに小さくなるしかない。

「ああ、瑠璃子さんのせいで、もうこんなになってしまった」

桜井は下着を脱ぎ去ると、股間に生《は》える屹立を見せ付けて瑠璃子の上に馬乗りになった。

「いやあ！　やめて」

瑠璃子は胸に伸し掛かる桜井に抗いながら、片手を伸ばして床に転げた携帯電話を探す。毛足の長い絨毯に埋もれたメタリックボディを指先に見つけ出し摑み取ると、必死な面持ちでボタンを押す。

瑠璃子は首筋に接吻を受けながらも、身を捩って受話器を耳に押し当てる。

だが、呼び出し音がするばかりで、佐々木は一向に出てこない。パーキングに止めいつでも来られるように待機しているはずなのに、こんなときに限って応答がない。

「どうやら出ないようですねえ」

立花が面白がりながら腹の上から見下ろす。と、そのとき佐々木がいつもと変わらぬ丁重な物腰で電話に出た。

「さ、佐々木さん！　助けて、助けて！　地下よ、地下に来て」

「……もしもし、お嬢様、お声が遠いのですが」

「地下にいるの、助けて！　早く、助けて、むふうっ」

桜井が瑠璃子の唇を乱暴に塞ぎ、手から携帯が落ちる。

「……もしもし、お嬢様？　もしもし」

救いは遠のき、瑠璃子は絶望の淵に立たされ男たちの手に弄ばれる。やがて抗っていた声も大人しくなり、すすり泣きに変わってくる。

「そう、大人しくすればいいんですよ。せっかくの桜井様のプレゼントをお受けにならないなんて勿体ないですから」

男たちは顔を見合わせて笑っている。砂のような恥辱を噛み締める瑠璃子の体がひょいと持ち上げられ、次の瞬間、絨毯の上に仰向けにされる。

「きゃっ、いやあ」

「立花さん、お手伝いお願いしてもいいですか」

「もちろんですよ」

立花はどこから取り出したのか、縄を取り出し瑠璃子の両手を束ねて手首を括り始める。この部屋にはアイマスクや縄など妖しい小道具がいくつも隠されているようで怖くなる。

「いやっ、いやっ、やめて！」

万歳のポーズのまま手をねじ上げられ、身を左右に揺すって抗うものの、なんの効果もない。ただ手首に目の粗い縄が食い込み、うっ血して指先が冷たくなるばかりだ。

腕を上げさせられると、自然と胸を突き出す格好になり、身を捩るたびにたわわなバストが弾む。黒い絨毯の上に投げ出された白い女体が蛇のように地をくねる。顔を背けたすぐそこに携帯電話が通話中のまま落ちているのに、拾うことが出来ない悔しさに奥歯を嚙み、恨めしく見つめる。

すらりと伸びた足を割られ、桜井が押し入ってくる。

「桜井様、これでいかがです」

「ええ、充分です」

桜井は言うと、瑠璃子の上に胸板を擦り付けるように伸し掛かり、豊かな乳房を押しつぶす。

うなじから耳裏にかけて舌が這い登り、真珠のイヤリングごと耳たぶを口に含まれる。唾に満ちた口中でイヤリングと歯がぶつかる音がして、瑠璃子は寒気に鳥肌をたてる。あれほど邪険に扱っていた桜井が、今は勝ち誇って瑠璃子を従えさせていると思うと、悔しさと虚しさで涙が滲んでくる。

桜井は低い呻き声を漏らしながら、首筋から顎、そしてデコルテへと唇を這わせてくる。犬のマーキングのように、自分のものであるとでもいいたげに瑠璃子の肌という肌に唾液を塗りつける。酸い唾液の匂いが鼻先に昇ってきて瑠璃子は顔をしかめて息をとめる。

「いやあ、よして、なんでこんなこと……！　やめて、い、やあ」

だが、桜井の唇がデコルテの丘から丸い胸に這い、赤い実を啄んだとき、瑠璃子の声が艶かしい色を帯びた。

「ああ、きれいな胸だ。おっぱいがおいしいよ」

桜井は左の乳を揉み上げ、右の乳首に吸い付いて赤ん坊のようにちゅぱちゅぱと音をたて愛撫する。その小刻みな唇の動かし方が、過敏な突起の茎を四方から刺激してくすぐったいような心地よさが走る。

「はううっ、あ……ん、い、いやぁ……」

瑠璃子の呼吸が速くなり、抗う声も力が抜け仔猫の鳴き声に似てくる。

背を反らした肢体はリズミカルにうごめき、差し出した胸の先っぽを突かれながら波に揺れている小船のようにさえ見える。

「はああっ、あ、あ、いや、いやあ……」

立花の愛撫を受け充分火照った体は、桜井に触れられどうしようもなく感じてしまっている。瑠璃子自身、己が体の反応に当惑しながらも、こみ上げる快感を留めることは出来ないでいる。

「ふふ、いやといいながら、感じてるじゃないか」

桜井の言葉がくだけた感じを帯び、先ほどまでの丁寧さが消えてゆく。それと同時にやさしく乳首を吸っていた唇が荒々しく豆粒をひっぱり、前歯を立て始めた。

「ふううっ、ああ、はうう」

甘噛みされる心地よさに瑠璃子が悶える。微かな痛みよりも強烈な快感が走り、瑠璃子は不本意にも腰を前後に揺らしてしまう。こうしていないと膣の中が潤ってきて落ち着かない。何か硬くて太いつっかえ棒でも差し込まれないと、芯がぐらついてしまう。

「おや、腰を動かしてどうしたかな」

上から覗き見る立花が、わざとらしい声をあげて指摘する。誰にも気付かれたくない女体の反応に声高に触れられ、恥ずかしさで顔から火が出そうになる。

「いやだいやだって言いながら、体は欲しくて疼いてるんだよね」

桜井が乳首を齧《かじ》りながらいやらしい声を出す。今まで冷たくしてきた仕返しだろうと、瑠璃子は組み伏されながら後悔した。

「どうれ、下のほうはどうかな」

「きっとじゅくじゅくですよ、桜井様」

立花はあくまでも顧客としての桜井をたて、足元に回ると瑠璃子の足首を押さえつけた。

「いやあ、立花さん、何するのっ。放して、放し……ふううっ！」

桜井の指が割れ目に潜り込んできた。ぬるりとした肉ビラの間に中指が沈み込み、ひたひたと音をさせて蜜壺の口をノックする。

「うわあ、びちょびちょだ。瑠璃子さんでも、オマンコ汁を垂らすんですね」

嫌味な口調に腹立たしくとも、まさぐる指の気持ちよさに言葉にならない。すっかり熟した女陰は、ちょっと押されただけで濃厚な蜜を滴らせてしまう。

瑠璃子は涙を滲ませながら瞼を開けた。天井の鏡には桜井に股を開いて寝そべる淫らな女が映っていた。

「ほうれ、ここがいいんだろう。腰が動いてるぞ」

「本当ですね、桜井様、足を押さえるのが大変ですよ」

紳士的だった桜井の化けの皮が剝がれ、一人の雄が牙を剝く。

桜井は新しいおもちゃを与えられた子供のように、夢中で瑠璃子の秘所に指を泳がせる。瑠璃子の花芯は熱いのに、ぬちゅぬちゅという音が耳に涼しい。立花よりも小柄な桜井は指も細く、肉ビラの溝や門渡りの狭い隙間を巧みにくすぐってくる。

「あんう、はあっ」

指は微細な動きをしながら素早く縦筋を往復し、立花とはまた違った心地よさが女陰を襲う。瑠璃子は絨毯から腰を浮かせ、桜井の指に委ねてしまう。

「うわ、どろっとした汁が出てきたぞ」

桜井がうれしそうに声をうわずらせ、蜜穴に垂れるとろみを指で掬う。

「くううっ」

敏感な粘膜を逆撫でられ、強烈なくすぐったさが割れ目に走る。瑠璃子は万歳のまま、魚が泳ぐように腰から下だけをくねらせて悶える。自由を奪われることがこんなにも心を昂ぶらせ、見られることがこんなにも肌を過敏にすることに戸惑いながら、もはや踏み入れてしまったぬかるみから這い出せない。

「ああ、これがクリトリスか。粒が大きくなってるな」

中指が薄い粘膜を往復でなぞり、途中の突起を掠めてゆく。ぬめりに塗れた生々しい剝芽は、まだほとんどと言っていいほど触れられたことはなく、生まれたてのベビーピンク色に染まり指先で震えている。

「あうう、そこっ、ああ、だめえ」

覚えたての性感スポットは、立花とは一味違う小ぶりの指に擦られて悲鳴をあげている。綿棒の先でチロチロとくすぐられるような微かな刺激が焦れったくてたまらない。瑠璃子はもっと圧迫して欲しくて思わず臀を浮かせ指に押し付けてしまう。

こうしているだけで太腿が痙攣し、膣筒がイソギンチャクのように激しく収縮する。きつく締まる度にうっとりする快感が押し寄せ、大きな波を予感させる。

「そこぉ、そこぉ……」

瑠璃子は恥じらいも忘れ、夢中で腰を前後させ、桜井の指に擦り付けてゆく。一度覚えたクリトリスによるアクメの味はあまりに強烈で、麻薬のように虜にされてしまう。

「なんだ、自分から動かして。欲しいのか、挿《い》れて欲しいのか」

「ああん、そこっ……ふううう」

ストレートな表現に、イエスともノーとも答えられず、顔から火が出そうになる。まだ未通の女穴は、挿れるといわれてもどんな風なものなのか分からず、未知への憧れと畏怖で強張るばかりだ。

「そうら、挿れてやろう。お嬢さんのオマンコに」

桜井が豆弄りの指を離し、瑠璃子の膝頭に両手を乗せた。

「はうう、あ……ん、ねえ、ねえ」

もう少しで絶頂に達しそうだった瑠璃子は、膣の中がいじいじと焦れて、中に何か突っ込んで欲しくてたまらない。硬い太い棒で粘壁を掻き混ぜて欲しいくらい、むず痒い。

「なんだ、欲しいんだろう」

瑠璃子はいつしか抗うことを忘れ、腰を振っておねだりしている。高嶺の花だった令嬢が、自ら割れ目を擦り付けるまでに身を落としてしまうほど、性の味は強烈だ。

「どうだ、もうオマンコが欲しくてジンジンしてるだろう」

瑠璃子は図星を指され、恥ずかしさのあまり口をつぐむ。肯定も否定もしない人形のような顔が、こくん、と頷くと、シャンデリアの下の桜井が卑猥な笑いを降り注ぐ。

二人の男に体を押さえ込まれ、力ずくで犯される女が鏡の中にいる。もぞもぞとうごめく男は二つに割った白い腿の間に腰を据え、前後にピストン運動をはじめる。

瑠璃子の膣口はとっぷりと濡れ、すぐにも肉杭を呑み込んでしまいそうなほどやわらかくなっている。

一突き、二突き、桜井の弾頭が朝露に濡れる花びらを押し込んでくる。足をもがけども、華奢な足首は立花に摑まれ、抗えば抗うほどさらに開かせられる。

桜井が突くたびに、くちゅっ、と淫汁の弾ける音がして、瑠璃子の濡れっぷりが知れてしまう。やがて、丸い亀頭に押し込まれた亀裂はやわやわと口を広げ、太い肉茎を呑み込んでゆく。

「あ、あ、あ」

桜井が大きくグラインドするにつれ、亀頭が瑠璃子の中に入ってくる。初めて迎え入れる肉塊の感触に、腿は強張り下腹部に要《い》らぬ力が入る。

「緊張してるのか。硬いぞ、ほら、もっと力抜けよ」

「処女ですから、仕方ありませんね。桜井様の刃で貫いてさしあげてください」

瑠璃子が目の前で犯されつつあるというのに、どこまでも口調を崩さない冷静な立花が嫌だった。そして、そんな目で見下されていることが妙な興奮を呼ぶことに戸惑う。

桜井が瑠璃子の腰を抱き寄せ、股関節がはずれそうなほど脚を開かせる。

「ふううっ！　あ、あ」

痙攣するヴァギナにてこずりながらも、桜井は小刻みにペニスを抜き差しして体重をかけてくる。処女の亀裂が裂け、太い遠慮ない肉茎が内臓を抉るドリルのように皮膜を破って進んでくる。

「い、痛っ……い、い、いい」

瑠璃子は膜の破られる瞬間に鳥肌を立たせ、縛られた手で床の絨毯の毛足を摑み痛みに耐えた。

「おう、入るぞ。う、う、よし、はあっ……」

腹の上の桜井もまた、処女の狭い穴に潜らせる困難さに顔をしかめ、無理やりねじ込んできて動きを止めた。

「痛いい……！　ひいい、いいいいん」

つんざくような泣き声が地下室の壁に反響する。

「くうっ、狭いな。どうれ、強く押し込むか」

桜井が大きく腰を引くと、深々と根元まで挿し入れを繰り返す。

「うふうっ、あいい、くうう」

瑠璃子の悲鳴はやがて啜《すす》り泣きに変わり、抽送に合わせてリズミカルになっていく。うっ血して紫色にくすんだ両手は、絨毯の毛足を摑んで耐える。手と手をすり合わすたびに目の粗い麻縄が食い込み、か細い手首を痛めつける。

「うっ、ああ、締めてくるぞ」

「もう、感じているのでしょうか。卑しいアソコですね」

立花が瑠璃子を一瞥して鼻先で笑い、桜井に微笑みかける。

「もっとあっちも感じさせてやろうか。ねえ、立花さん」

桜井が浅い息に上下する瑠璃子のバストを顎でさす。

「ええ、喜んでお手伝いしますよ」

立花の手が足首から離れ、瑠璃子がほっとして足首をくねらせた瞬間、乳首に痛いほどの快感が走った。

「ふううっ！　あ、あ」

立花が瑠璃子の頭上から手を伸ばし、赤い苺を捏ねてくる。

「あううん、はあっ、だ、だめえ……あんん」

きりりとしこった尖りはもげそうにひねられ、それにつれて下の口が桜井のペニスを締め付ける。

「うっ、ああ、まただ」

桜井はよく締まる膣に声を詰らせ、負けじと太茎を押し込んでくる。

極度の興奮に狭まった膣筒めいっぱいにねじ込まれ、薄い粘膜が張り裂けそうに痛む。子宮口のあたりには亀頭がもぐり込んでいるのだろう、なにやら芯のある硬い異物がぶつかって、瑠璃子は下腹部に異変を感じていた。

体をくねらせるにつれ、腹の中の芋虫がのたうつのが分かり、まるでヘソ下あたりが肉杭の形に歪められそうな錯覚に陥る。

その間にも立花の指がしきりに乳首を弄り、ひっぱりあげる。

美しい瑠璃子の女体が犯され、醜く塗り替えられてゆく。男たちはその変貌ぶりに昂ぶり、また牙を剝く。

「はああっ、あ、ねえ、ねえ」

女陰の奥は初めての肉刃にわななき、乳首を弄られさらに激しくうねる。最初の突き刺すような痛みは遠のき、次第にペニスの抽送に膣壁が擦られる心地よさに変わってくる。下腹部がぶつかるたびに桜井が腰を押し付けるので、開かれた雌蕊に潜むクリトリスが圧迫されてなんとも心地よい。

「ああ、気持ちよさそうだね。こんなことされて」

立花が上から覗き込み、掌で乳房を摑んだまま指先だけで豆粒を転がす。

顔を見られる恥ずかしさに瑠璃子は首を振り、視線から逃れようとする。

「ああん、だって、いいのぉ、そこが、そこがいいのお」

瑠璃子が腰を上下にグラインドさせ、クリトリスへの摩擦を求める。腕さえ自由ならば、恥を忍んで桜井の背を搔き抱きもっと密着させたいところだが、今は背を反らせて腰を微かに動かすしか術がない。抑制された性衝動ほど切なく狂おしいものはない。

無言で抜き差しを繰り返す桜井の息が荒くなり、腰がリズミカルにピストンをはじめる。

瑠璃子は来るべき瞬間の予兆を感じ、唇を噛んで小鼻から息を吸った。

「どこがいいんだ、え？」

桜井が荒々しく問い質《ただ》しながら息を弾ませる。膣の壁はごぼごぼとした樹に抉られ、襞々にこびりつくゼリーがこそげとられ、筒の中でぐちゅぐちゅと押しつぶされる。

「はううっ、ああん、いいの、そこぉ」

下腹部がぶつかるたびに、芽吹いたクリトリスが圧迫され、突き上げる肉棹に子宮口を押し込まれる。二点を同時に刺激される心地よさに大きな波がこみ上げてきて、中が壊れそうなほどに軋むのも構わない。

瑠璃子はふくらはぎをくの字に折り、桜井の胴に巻きつけてゆく。秘所が離れないように、もっと奥へもっと深く抉ってもらうように、脚で桜井を抱き寄せる。細かなビブラートが太腿から膣穴にかけて走り、もう少しでアクメが訪れそうだ。

「足を絡めていくなんて、もっと欲しくてたまらないようですよ」

「どこだ、言えよ、オマンコって」

立花の言葉に意を得た桜井が、意地悪に腰を止めて見下ろす。

「……ああん、いやあ、ちょうだ、い」

動きのない世界で、瑠璃子の膣だけが収縮を繰り返し太ったペニスを締め付けている。もうそこまで来ている快感を我慢することはできない。

「ねえ、ちょうだい。瑠璃子の、オ、オマ……オマンコ、にいっ」

容赦ないピストンが瑠璃子の穴めがけて速射を食らわせてきた。

楚々とした顔立ちが歪み、赤く充血した唇から痴語が漏れる。そのアンバランスさが桜井と立花を焚きつけ、男の性衝動を駆り立てる。

「いいよ、やるよ。白いのうんとかけてやる」

速射を受ける瑠璃子の体が揺れる。たわわな胸が大きく弾み、うなじに桜井の生臭い息がかかる。腹の中で異物が硬度を増し、膨張するのが分かる。

「ああん、ちょうだいっ、もっと、もっとぉ」

「うううっ、出すぞ、ああっ」

桜井が腰を引き、ペニスを一気に抜いて瑠璃子の腹に乗せた。そのまま覆いかぶさってくると、肩を震わせ全身を痙攣させ、温かなとろみを飛び散らせた。

「はああっ」

腿からこみ上げた快感の波が膣筒を収縮させ子宮に突き抜ける。瑠璃子は手指をぎゅうと握り締め、万歳の不自由な姿勢のまま身を強張らせて絶頂を味わっていた。太い衝撃が膣を突き上げ、背筋から脳天にまで走る。透き通るような心地よさに何秒間浴していただろう、やがて全身から力が抜け、沼に引きずり込まれるように絨毯の上にぐったりと倒れ込んだ。

「う、ううっ」

桜井が二度、三度と腰を震わせ、精を放つ。初めて目の当たりにするスペルマは乳白色をしたヨーグルトのようで、中に処女の証のピンク色が交じっている。

放物線を描き吐き出されては瑠璃子のヘソにたっぷりと溜まり溢れた汁は、わき腹へ垂れてゆく。よく見れば胸の谷間にも、髪にも、滴が飛んでべっとりと付着している。

立花の手が伸び、胸の滴を指に掬うと瑠璃子の唇に塗りたくった。

「おめでとうございます、伊集院様。これで本当の大人の仲間入りですね」

「ああん、はあん、んふっ」

瑠璃子は首を振りながらも、青臭い独特の匂いに包まれて恍惚《こうこつ》とする。太い指に口をこじ開けられると、瑠璃子はうっとりとしゃぶりつき、とろみ汁を舐めつくす。

「あうう、ああん、ぬるぬるするう」

唇に頬に精を塗りたくられ、いやいやをしながらも、蕩けた瞳で男を求めていく。辱められることが快感を増してしまう、そんな自分に嫌悪を感じながらも、強い刺激には逆らえない。

瑠璃子は朦朧とした表情で黒い絨毯を見つめた。長い毛足に点々と付着する精液が愛しい。その中にひっそりと発光する携帯電話は通話状態の画面に佐々木の文字が浮かんでいるが、手首を縛られたままでは電話を拾うことも出来ない。

やがて、肩で息をしていた桜井が顔を上げ、卑猥な笑みでふたたび足を持ち上げてくる。

「はああ、いやぁ……」

いくら言葉で拒んでみても、甘ったるい声はむしろ男を誘ってしまう。

天井の鏡に映るのは、もう、かつての令嬢の面影ではなく、男どもに犯されて性の悦びに目覚めた淫らな女の姿だった。

第七章　縄の記憶

1

夏の太陽は見るものすべてを輝かせ、生命力に満ち溢れさす。中庭の木々が大きな丸い葉を風に揺らして、涼しい陰を作ってくれている。

日が強ければ強いほど、影もまた濃くなる。

瑠璃子は淡いベージュのフレアスカートの裾を広げ、いつものベンチに座り、ひとり裸足《はだし》のサンダルの足元に揺れる木の葉の影をぼんやりと見つめている。膝の譜面もさきほどから同じページが開かれたままだ。

こんな美しい昼だというのに、何を見ても七日前の淫らなシーンしか浮かんでこず、自分がいやらしい女になってしまったようで気が塞ぐ。人生にたった一度きりの初体験は、素敵な甘い思いどころか、あんな強引なやり方で見世物のように行われたのが悔やまれる。それに、立花や桜井に処女であったことを知られた恥ずかしさも瑠璃子を苦しめる。

そして何より瑠璃子を悩ませるのは、あの夜から瑠璃子自身の体が変わってしまったことだ。帰り道こそ、中に異物感を覚えて歩きづらかったものの、それ以来ずっと膣の中がうねり潤っている。胸に抱いた楽譜の角が乳首を掠める程度のちょっとの刺激にも収縮し、うっすらと快感が込み上げて、子宮の奥が疼いて仕方ない。

何か突っ込んで欲しくてたまらない……こんな淫らな体に誰がしたのかと二人の男を恨めしく思う。

「どうして……」

唇からこぼれるため息は、あの淫らなパーティへの悔恨であると同時に、欲してやまない女体への戸惑いだった。生成り色のニットに包まれた胸が大きく膨らむ。

地下室での夜以来、Vivaceに行くどころか立花や桜井とも会っていない。顔を合わせる恥ずかしさもあるが、佐々木の監視が厳しくて目を盗めないのだ。黒塗りの車が常にのろのろと後をつけてきて、前のように裏口から抜け出すことも容易ではない。

あの日、長い時間テーブルを離れていたことに亜弓は気づいたろうか、そして地下室での秘め事に感づかれただろうか、考えるだけで心苦しく、大学で顔を合わすのも気が引ける。

「……一体、どうなっているの」

立花も桜井も、いや、疑い出せば亜弓までも、誰も彼もが不可思議で、何か淫らな罠に嵌められているような気がしなくもない。

でも、そんなことよりも、瑠璃子は立花に会いたくて仕方なかった。あんな場面を見られ、足首を押さえ込まれていたにもかかわらず、愛しく思えてしまうからしょうがない。大人になってからの初恋はこれだから厄介なのだ。

ため息が風にのって中庭をすり抜けてゆく。

瑠璃子は膝に置いた手を手で撫で、立花の感触を思い起こす。ごつくふしくれだった指が、やさしいタッチでうなじに、胸に、そしてあそこに触れてくる……瑠璃子の体は立花を恋しがりたまらない。

「んふふ」

瑠璃子はうっとりと目を細め、ほくそ笑む。ふと、指先に触れる手首の赤い痕が、生々しい縄の記憶を甦らせる。肌に食い込む緊縛感に鼓動が逸《はや》る。

ふと、バッグがバイブレーションを起こし、瑠璃子は眩暈のような艶かしい妄想から現実へと引き戻される。あわてて携帯電話を取り出すと、液晶画面には立花からの今夜の誘いのメールがあった。

瑠璃子は心の中を見透かされているようで、はにかみに頬を染め、両手で携帯電話を抱きしめた。

「ごめんください……あの」

開店前のVivaceは薄暗く静まり返っている。たった七日前ここであんなことがあったというのに、夕暮れの店内はまるで別の顔だった。地下のシャンデリアのきらめきやワインレッドのソファ、黒い絨毯などの毒々しさは微塵《みじん》もなく、ひっそりとモノクロに沈んだ店内は懐かしく久しぶりに訪れたような錯覚に陥る。

瑠璃子は高鳴る胸を鎮めようと深呼吸をする。小走りで来たために息は荒く、肌はじっとりと汗ばんでいる。

先ほどメールをもらってから、瑠璃子は思い切って授業をさぼり、裏口から抜け出した。ここのところ目を光らせている佐々木に見つかるのを覚悟で走ったのだが、不思議なことに門の辺りにロールスロイスの影はなく、ほっとして地下鉄に紛れ込んだのだ。

「あのぅ……」

やはり応答はない。この前来た時と同じ、庭から続く扉から入り、テーブル席を縫い厨房を窺う。薄暗い明かりがステンレスの流しや吊り下がるフライパンをぼんやりと照らしている。

瑠璃子はアール・ヌーヴォー調の螺旋階段を上から覗き込んだ。ワインセラーは薄暗いが、仄かな明かりが漏れ、人の気配が感じられた。

「やっぱり……ここね」

はじめから地下室にいるのだろうと察しはついていたが、いきなり訪ねる勇気はなく、いたずらに遠回りをして時間稼ぎをしてみたのだ。

サンダルの足音を忍ばせて、一歩一歩絨毯を踏みしめて降りてゆく。初めてここを案内された夜の瑠璃子は清らかなものだった。二度目に訪れたときもまだ初心さを残していた。そして大人の儀式を受けたあの夜をあわせ、地下に足を踏み入れるのはこれで四度目。今日は一体どんなことがはじまるのかと、いけない期待に足が震える。

螺旋の弧を眺めているとまるで地中に吸い込まれてゆくようで、誰も知らない秘密のランデブーの予感に胸がときめく。ひんやりとした冷気が生足に這い登ってくる。

地下に降り立つと、瑠璃子はワインセラーの棚を覗き、人影を探す。この部屋のどこかに立花はいるはずだ。瑠璃子は緋色の緞帳の彼方《かなた》で待っているかもしれないという、願望にも似た淫らな予感を掻き消して足を進める。

(十六時に、店で)というたった七文字の短いメールが、シンプルなだけに余計瑠璃子を焚き付けてやまない。そんなにも自身を求めてくれているのだ思うと、酷《ひど》い仕打ちを受けたことなどあっけなく忘れてしまうから勝手なものだ。

進めども、立花の姿はない。やはりあの幕の向こう側かと期待に胸を膨らませ、耳を澄ませる。妖しい男女の声は漏れてこず、邪魔者はいそうにない。瑠璃子は分厚い緞帳の端を小さく捲り、おそるおそる中を窺う。

（あら……誰もいないわ）

そのとき、不意に背後から抱きすくめられ、瑠璃子は息を止めて身を強張らせた。

「また覗きにきたのですか。いけないお嬢さんですね」

「た、立花さ……」

怯えた小鳩はすっぽりと胸板に包まれながら、振り向きざまの接吻を受ける。背肉から尻にかけてが立花に密着し、腋《わき》から潜り込む手に両の胸をまさぐられる。

「むううん、んふう」

処女喪失を見られた恥ずかしさも、立花への不信も、カーテンを覗いていた気まずさも、すべては甘いくちづけに流れてゆく。恋焦がれた立花に包まれて肌が悦びにさざめきたつ。

「来てくださったのですね」

立花はいつもと変わらぬ丁寧な口調で瑠璃子を見つめる。ただ違うのは早くも下腹部を押し付け手の中のバストをせわしなく揉んでくることぐらいだった。たわわな胸は押し揉みされるにつれブラジャーから零れそうになり、尖りがぷつんとニットに影を作る。

「んふう、あ……ん、だって、メールをいただいたから」

瑠璃子は懐かしい感触に溺れながら、唇を大きく開けて立花の舌を受け入れる。勢いよく潜り込み上顎をくすぐる舌はまるで元気な精子のように、左右に振れながらせわしなく動き回る。

「さあ、中へ行きましょう」

立花が下腹部を押し付けたまま緞帳の中へ瑠璃子を促す。立ったままキスを続ける二人は縺れるようにソファに倒れ込んだ。

蝶を模《かたど》った琥珀《こはく》のバレッタが弛み、髪が乱れる。

「ああ、もうここを勃たせて。お嬢さんも男を知ってこんないやらしい体になったのですね」

ニットに浮かぶ乳首の輪郭をなぞられ、瑠璃子は背を反らせて身を強張らせる。くっきりと際立つ凸がふたつ、生地を押し上げているのが見える。

立花は嬉しそうに愛らしい豆粒を撫でながら、瑠璃子の表情を見つめてくる。見られれば見られるほど羞恥が強まり、膣の中が収縮をはじめる。

「ああん、いやぁ、言わないで」

だが、そう言いながらも瑠璃子は胸を突き出して悪戯《いたずら》な指を感じている。しこった乳首は弄られるうちにさらに硬くなり、服の上からでも二本指につままれるほど飛び出してくる。

「どうれ、拝見しましょう」

立花がニットのウエストから手を潜らせ、そろりそろりと捲りはじめる。焦らすような静かな所作に肌は過敏になって鳥肌に覆われる。

瑠璃子はされるがままに身を委ね、腹をへこませて息を止めた。バストの下弦があらわれ、こんもりと丸い果実がふたつ並んで飛び出る。白いレースのカップから零れた乳首が淡いワイン色に染まって震えている。

「ああ、なんて可愛らしいおっぱいでしょう。ここに触れられる人は幸せですね」

「やだ、立花さんたらぁ……んふふ」

どんなことでも褒められて嬉しくないわけがない。ましては女体というデリケートな部分を初々《ういうい》しい表現で持ち上げられたら、すっかりその気になってしまう。今から触れるのは立花なのに、他人行儀な言い方が気取っている。

立花は瑠璃子の顎下までニットを捲り背に手を回し邪魔なレースを剝ぎ取るが、淫らに飛び出た突起を見つめるだけで、視線を腹から下に這わせてゆく。

視姦されるだけの瑠璃子は緊張に産毛まで逆立て、じっと息を殺して待っている。

「では、下も拝見してよろしいでしょうか」

「え……」

胸に触れもせず肌だけ晒させて、次は秘所を見たいという、立花の不思議な動きに瑠璃子は戸惑いつつも昂ぶってゆく。今日はストッキングも穿《は》いていないことを思い出し、生足を知られる恥ずかしさがこみあげる。

瑠璃子が返事をせぬうちからスカートのジッパーを下ろされ、足先からサンダルが落ちる。

「ああ、きれいな足ですね」

瑠璃子が膝を折り身を縮ませていると、スカートは腰から抜き取られ、パンティだけの下半身があらわになる。

「あ……ん、やだ、恥ずかしいわ。見られてるだけなんて」

ソファに寝そべる瑠璃子は、見下ろす視線に耐えかねて遠まわしなおねだりをする。先ほどから肌がヒリヒリするほど敏感になり、割れ目の奥が湿ってきている。何もしていないのに動悸が激しくて一人で昂ぶっているさまを見られるのが恥ずかしい。

だが、立花はそんなおねだりは無視し、パンティのサイドストリングを黙って引き摺り下ろしてくる。

「おや、もうお湿りですか」

パンティのクロッチを凝視しながら立花が片頬で笑う。そして手の中の小布を床に散らすと、おもむろに瑠璃子の脚を開いてくる。

「はあっ……あん、いやあ、見ちゃいやん」

まだキスを受け、軽く胸を触れられただけなのに、もう濡れてきている自分が恥ずかしくて、股を閉じようとする。だが、立花は婦人科の触診のように股を押し開き、秘所の具合を探っている。

濡れた毛先に鼻息がかかり、冷たい。立花の指が縮れ毛を割り、肉ビラを掻き分けてくる。

「ふううっ、あ、あ……ん」

ついに触れられるときがきた悦びに、瑠璃子は先走って声を漏らす。尻を持ち上げ、立花の愛撫をねだるように前後に揺らす。

「ああ、きれいなピンク色して、何もしていないのに収縮していますね」

花びらを指で、ぐい、と押し開かれた女陰は、中央の秘裂が剝きだしになり、息づくようにすぼまったり弛んだりを繰り返しているさまを晒す。

淫らなところを見られるほどに、いやらしい言葉を浴びせられるほどに、瑠璃子は体の奥が熱くなり、膣奥がうねって蜜を搾り出してしまう。ひくつく女陰は、哀れなほど収縮し触れられるのを待っている。

「ああん、ねえ、ねえ、見ちゃいやよ、ねえ」

瑠璃子はたまらず手を伸ばし、割れ目を覆う。そのまま恥じらうふりをして、立花の手指をクリトリスに導きたいが、そこまでの勇気がない。

「ふふ、お若いだけに潤いも充分です、これなら悦ばれるでしょう」

「あんう……あん、ねえ、ねえ」

意味の分からない独り言を怪訝に思いながらも、瑠璃子は尻を振って立花を求める。だが、立花はそれ以上指を潜らせることはなく、体を離し、切なげな表情で瑠璃子の額をなでてソファを立つ。

「え、ど、どうしたの」

「すみません、この間の地下室での逢瀬を見られてしまったのです」

申し訳なさそうにつぶやく割には、立花の口元がにやついている。

「え、な、なに、どういうこと」

「こういうことですよ、お嬢様」

ソファに寝そべる瑠璃子の上に、制帽を目深く被った佐々木の無表情な顔があった。

2

「どうして……」

瑠璃子は身を丸めて裸体を隠し、ソファの座面に顔を伏して声を震わせた。初めから仕組まれたことだったのか、もう何もかもが分からず頭が混乱してくる。立花も佐々木も、誰も信じられず、瑠璃子は罠に怯えて身を隠すしかない。

「キッチンでのことを見られてしまった以上、佐々木様のご希望をお聞きしなければいけませんから」

立花が佐々木に瑠璃子との逢瀬を強要されていたと知り、瑠璃子は憎々しげに佐々木を睨み付ける。だが、ふてぶてしいほどに無表情な佐々木は、何食わぬ顔で瑠璃子を見下ろしてくる。

「また私の目を盗んで、全く……お灸《きゅう》をすえなければなりませんな」

「ほっておいてよ、何しようと勝手でしょ」

尖らせた唇が震えてしまう。

「さあ、どうでしょう。男二人と淫らなことをしても、勝手だとおっしゃいますか」

佐々木が唇を歪め薄笑いを浮かべた。

「な、なんのこと」

「最近の携帯電話は電波の調子が良いですね。卑猥な音までしっかり聞かされましたよ」

瑠璃子の顔から血の気が引き、あの日絨毯に転がった携帯電話が脳裏にありありと浮かんだ。処女喪失の一部始終を聞かれていた恥ずかしさと、知っていながら助けにも来ず耳をそばだてていた佐々木が恨めしくも怖くもあった。

「佐々木さん、一体……」

「さあ、こちらへ」

佐々木の肉厚の手が瑠璃子の腕を引っ張り、ソファから乱暴に起こされた。バレッタは床に落ち、艶やかな髪が鎖骨に揺れる。

「いやあっ」

だが佐々木は手首を摑んだまま瑠璃子を引きずるように壁際に連れてゆく。まだ麻縄の痕が生々しい手首に鈍い痛みが走る。

有無を言わせぬ佐々木の予想以上の力に、瑠璃子は一糸纏わぬ姿で従うしかない。

「ほうら、ここに立つんだ」

床から一面の鏡が張られた壁に瑠璃子の裸体が映し出されている。自らの姿をこんなにもあからさまに爪先から頭まで見たことなどなく、隠れようのない恥ずかしさにいたたまれない。

その鏡の中にはこちらを向いた立花と佐々木も映り込んでいる。

「きゃっ、いやあ」

佐々木によって乱暴に鏡面に押し付けられ、じっとり汗ばむ背中に冷たさが刺さる。

「伊集院様には大人しくしていただかないと」

歩み寄る立花に瑠璃子の腕は持ち上げられ、壁に備え付けの手枷《てかせ》を左右の手首に嵌められた。

「え、い……いやあっ、何なのこれ、放して、放してってば」

瑠璃子がいくら身じろぎしても、カチリと錠の掛かる音とともに自由が封印される。左右の腕を高く広げた磔刑《たっけい》のポーズを強いられ、どうすることもできない。

「はずして、何なのよ、ねえ、はずして」

「威勢のいい小娘め。どうです、こんな刺激もたまにはいいでしょう」

佐々木は勝ち誇ったように皮肉な笑いを浮かべると、制帽を取り、瑠璃子の裸体をまじまじと見つめる。首筋からデコルテへ這い、胸の尖りに留まると、やがてヘソから繋みに視線を落とす。

瑠璃子は見られているだけで鳥肌が立ち、恥辱のあまり顔を横に背けると、かえって胸が前へと迫り出す。

「ふん、いつも上品ぶってるようだが、なんだ、このピン勃ちは」

下世話な言葉とともに、指が赤い実をつまんだ。そのまま親指と中指で豆を挟むと、クリクリと左右に回してくる。

「ふううっ！　あうう、やめ……て」

「卑しい女だ」

横柄な佐々木に腹が立つものの、意に反して乳首は過敏に反応しますますしこってくる。口汚く罵《ののし》る割に、その指づかいはねっとりと湿っぽく、肌に纏わりついてくる。下から上へ弾いては、時折指の腹でてっぺんをするすると撫でてくる。緩急自在なタッチが年配者の熟練を思わせて、桜井や立花とは一味違う心地よさが瑠璃子を襲う。

「あんう、はああっ、あううう」

使用人に犯される屈辱を感じながら、それにも増してくねくねとよく動く指が心地よい。両の乳房を掌で持ち上げながら、親指の腹で細かに摩擦する微細さがたまらない。

佐々木ごときに弄られて艶かしいよがりを漏らすのはプライドが許さないが、それ以上の快感が瑠璃子を虜にしてしまう。乳首だけを弄られているのに、割れ目の奥はじっとりと濡れ、腰をくねらせていないと落ち着かない。腿から膣にかけて細い神経が走り、女陰が、きゅう、とすぼまる。

「んうう、……っうう、あはあ」

手枷を嵌められた瑠璃子はどこにも摑まることができず、脚を八の字にしてかろうじて体を支えている。もはやじっと立っていることは出来ず、壁から吊り下げられた格好でくねくねと腰を揺らいでいる。

「どうだ、いいのか」

答えを催促するようにごつい指が豆粒を押し込む。

「……んんっ、ああん」

真正面から顔を見られ、恥辱に視線を合わせられない。だが、佐々木は瑠璃子の顎をぐいと持ち上げまじまじと見下ろすと、首筋に舌を這わせてくる。

「ふうっ！　あ、はああ、いやぁ」

分厚い舌が汗ばんだうなじを下から舐め上げ、耳裏をちろちろとくすぐる。すぐそこに息遣いが聞こえ、べちゃりと粘っこい唾液の音がする。やがて舌は外耳を丁寧に隅までこそげると、耳穴の中に突っ込んでくる。

「んんっ、むうう」

熱さと雑音が耳を満たし、体の中に潜り込まれる感覚がまるでインサートと似て、瑠璃子は股を閉じて割れ目の収縮に耐える。寒気に鳥肌が立ち、よけいに皮膚感覚が研ぎ澄まされる。

佐々木が全身を密着させてくる。何もつけない瑠璃子の下半身が佐々木のズボンに触れ、腰を引いてもすぐ背後の鏡にぶち当たる。

縮れ毛がわさわさと揺れ、秘所に異物が触れる。瑠璃子はそれが佐々木の欲望の滾りだと気付いて背筋を寒くさせる。

舌はデコルテから乳房へと這い、赤い実を突き回す。

「ふうっ、あ、あ、やぁ……」

見下ろすそこに佐々木の顔があり、乳首が唾に塗れててかっている。卑しい唇が吸い付いたかと思うと、愛らしい蕾が無理にひっぱられ円錐状に伸びてしまう。

「いやあ、やめて、お父様に言うわよ」

だが、そんなことは出来ないことくらい瑠璃子自身分かっていた。口をついて出た言葉は虚しく壁に吸い込まれてゆく。

「ふふん、構いませんよ。私の携帯電話の録音をお父様にお聞かせしましょうか」

あの処女喪失の一部始終を記録されていたと聞いて瑠璃子は言葉を失くした。もはや勝ち目も逃げる術もない。ただこうして嬲《なぶ》り者にされて相手が果てるのを待つしかないのだ。

佐々木は両手で瑠璃子の腰をむんずと摑むと、ひざまずいて繁みを覗き込む。

「ほら、脚を広げるんだ。オマンコ弄ってくださいって言うんだ」

無骨な指が肉ビラを割り、ぬるりとした割れ目に潜り込んでくる。

「んんっ、いやあ、見ないで、やめて、あああっ」

捲られたフリルの谷間を指の腹が撫でてくる。もうすっかり充血し芽を剝いたクリトリスを刺激され、膝が震えて力が入らない。

「いいだろう、ここが。ああ、気持ちいいねえ」

佐々木は目を細めて姫粒を見つめている。

瑠璃子は足をばたつかせて佐々木を追い払おうとするが、腰が蕩けてベリーダンスを踊っているようにしか見えない。

「大人しくしないか。せっかく人がいいことをしてやってるのに」

厳しい恫喝《どうかつ》に瑠璃子が震え上がる。そのとき、足首に触れる細い手の感触に、瑠璃子は驚いて足元を見た。

「そうよ、もっと感じなくちゃ損よ」

そこには膝をついて足首を摑む亜弓がいた。いつものようにポニーテールを揺らし、白のブラウスに黒いスカートというでたちがこの場にそぐわないほど清楚だ。

「欲しかったんでしょう、これが。だったら素直に気持ちいい声を出すのよ」

亜弓は右の足首を枷に固定すると、左に回ってきてもう一方の足首も固定する。まるで少女が花を摘むような邪気のない笑顔を浮かべながら、手はしっかりと金属を嵌めつける。

「せ、先輩、どうして」

「んふふ、佐々木さん、これをどうぞ」

亜弓は瑠璃子の問いには答えず、ピンク色をした筒状の妖しい機械を取り出して佐々木に差し出した。

それは勃起した男根の形をし、スイッチを入れると鈍い音をたててぐるぐるとくねりはじめる。半透明に透ける素材はごぼごぼと節くれだち、巨大なウインナーのような形をし、付け根の途中から二股に枝分かれしている。小ぶりの枝のほうは、前に突き出し先細りしている。

瑠璃子は初めて目にする異様な器具に戦き、壁に背をつけて顔を引き攣らせている。

「試してみるか」

佐々木は亜弓と視線を合わせて頷くと、蟹股《がにまた》に広げられた瑠璃子の股間に胡坐をかき、ディルドを押し付けてきた。

「い、いや、何、何なのこれ」

瑠璃子は、得体の知れない器具を当てられ恐ろしさに股を閉じようともがく。だが、がっしりと固定された金属の枷が華奢な足首に食い込むばかりで、抗うことも出来ない。

「ふふふ、また新しい初体験だな」

佐々木の指に肉ビラが開かれ、その真ん中の盛山にディルドが触れる。鈍い音を立て回転していたピンクの樹脂が、リズミカルなビブラートを送ってくる。蜜口のほんの浅いところに減り込んだピンクの筒は、ブルルと振動してやわやわと捲れる二枚貝を震わせる。膣口に浅く掛かったディルドから波状に刺激が伝わり、その振動が膣筒に伝わり子宮までも到達する。枝分かれした小ぶりの触手は肉ビラのやや上に当たり、ちょうどクリトリスを震わせる。

指とはまた違う、絶え間なく続く摩擦が無理やりにも女体を開花させる。

二箇所を同時に刺激され、瑠璃子は不本意にも腰が抜けるほど感じてしまい立っているのがやっとだった。腿が痺れ膣筒がうねり、宛がわれているだけのピンクの男根に吸い付こうと女穴が収縮する。

「おお、オマンコが締まってコイツに吸い付いてくるぞ」

鮮やかな珊瑚色した女陰がベビーピンクの偽茎の肉杭を呑み込もうとして、口を弛めては、きゅう、と締まる。そのたびに、入り口だけに触れる樹脂の柔らかな感触が欲しくてたまらず、瑠璃子は美しい眉間に皺を寄せる。

つるり、と逃げるディルドが焦れったく、朦朧とした瞳で焦らす佐々木を睨みつける。

「どうだ、お前さんの好きなオチンチンだ。挿れて欲しいだろう、言ってみろよ」

佐々木は調子に乗ってピンクの肉杭を押しては引きを繰り返す。ぴちゃぴちゃと秘所を穿ち、濡れた音が電動音に混じる。

「ふううっ、あううん……あ、あ、あ」

人工的なシリコンの亀頭がぐにゅりと潰れ、割れ目に減り込んでくる。瑠璃子は股をうんと開き、ぬめりに乗じて先っぽがもぐり込むようにと腰を前後させる。だが意地悪な佐々木は鈴口を宛がうだけで、もう少しのところで力を弱めて挿れてはくれない。

「こんな太いのを挿れてもらったら、気持ちいいぞ」

「ああん、ねえ、ねえ……」

瑠璃子はついにプライドが崩れてゆくのを感じていた。秘裂からとろみ汁が滴るように、心の砦が脆《もろ》くも壊れ、欲情の波にさらわれてゆく。

「羨ましいわ、伊集院さん。こんないやらしいことしてもらえるなんて」

亜弓の口から出たとは思えない言葉に耳を疑う。

横に立つ亜弓は瑠璃子をしげしげと眺め、細い指先で鍵盤を弾くように瑠璃子の乳首に触れた。

「はううっ」

「ここが弱いのね」

男どもだけでなく亜弓までもが加わり、瑠璃子の女体を蝕《むしば》んでくることが信じられない。

この部屋にルールはなく、あるのは欲望だけだった。

「あ……うふうっ、そこ、そこぉ」

ディルドがあらゆる角度から当てられ、柔らかな肉芽が悲鳴をあげる。薄い粘膜はピンクの触手に擦られ、もう、絶頂の瞬間を迎えんばかりに膨れ上がっている。

「ねえっ、あん、もう、もうダメ……い、イきそうっ……ねえ、ちょうだい、中に、中にそれをちょうだいっ」

「ほほう、これを、かね。どこに欲しいんだ」

ディルドの鈍い音が消え、女陰への振動が止《や》んだ。

「ああん、いやあ、してぇ、もっとして、お、オマンコに、オマンコに突っ込んでぇ！」

瑠璃子はきつく目を閉じて哀願すると、身を強張らせて恥辱に耐えた。体中の毛穴から汗が噴出し、割れ目から牝汁が滲んでくる。

「ようし、いいだろう」

佐々木がディルドをしっかりと握り直すのがぼやけた視界に映る。ごつい手が瑠璃子の腰を摑み、ピンク色の亀頭が割れ目をぐりぐりとまさぐってくる。もう少し、あとひと突き……瑠璃子は息を吐き膣を弛めようと全身から力を抜いてみる。愛しい棹のためなら、どうにだってなれる気がした。

「あ、そこぉ、あ、あ」

丸々とした亀頭が亀裂を押し込んでくる。女体の中心を貫くようなこの圧迫感がたまらなく心地よい。今から挿れられるのだと思うと、すべての神経が結合部に集中する。

「あうう、そこぉ、そこよ、ああ、入るう、中に、中に入っちゃううう」

ふやけた膣口はいとも簡単にシリコンを食み、拍動に合わせて呑み込んでゆく。

少し減り込むたびに膣が締め付け、挿入の手が止まる。そしてまた一センチ潜らせるとまた膣が纏わりついてゆく。

「あ、あ、あ……はああっ」

あとは勢いにまかせ、ディルドが根元まで差し込まれた。丸い亀頭が子宮を押し込むのが分かり、ヘソ裏あたりがくすぐったい。

「あううっ、あん、いいの、ああ、入ったわ、オマンコに大っきいのが入っちゃった」

佐々木が電源を入れ、鈍い音が再び部屋に響く。先ほどよりもくぐもっているのは、瑠璃子の体内にもぐり込んでいるからだ。

膣の中で棹が躍り、激しくバイブレーションを起こす。同時に、触手がクリトリスを捕らえ絶え間なく振動を与えてくる。

「はあっ、すごい……中が、中がブルブルしてるう！」

佐々木がスイッチでスピードを上げたのか、電気音が一段高くなる。クリトリスを擦る手も一層早まり、ずっと押し当てられたために、快感の波がすぐそこまで来ている。

「ふううっ！　あああ、感じるう。お豆が、お豆がイきそうっ」

どこか摑まるところが欲しいが、手枷を嵌められていては宙ぶらりんなまま達するしかない。床に足を踏ん張り、腿を強張らせて手指を握り締める。

ぬっちゃぬっちゃと音をたて、佐々木がオモチャを抜き差しする。強い振動の上にピストン射撃を受け、まだ発展途上の女陰には充分すぎる刺激だ。

ディルドの抜き差しのたびに搔き出された牝汁が内腿や尻のすぼまりにまで飛び散り、ところどころは濁ったダマになって付着している。

「あうう、ねえ、もう……イきそう、ああ、イく、イく、いいい……」

佐々木の携帯電話の呼び出し音に、誰もが動きを止めた。ただ瑠璃子だけは四肢を痙攣させて、頰を染めて空を仰いでいる。

「なんだ、こんな時に」

訝しげに床の携帯を拾い上げ、佐々木が眉をひそめたが、それが主からのものと知って咳払いをして応答する。

「はい、はい、ええ、かしこまりました。すぐ伺います」

静まり返った部屋に、瑠璃子の股に突っ込まれたままのディルドだけが低くうなり続ける。瑠璃子は繰り返し湧き起こる波に呑まれながら、膣筒から子宮にかけて突き上げる快感に溺れていた。クリトリスが、膣が、子宮が、こんなオモチャに感じさせられたかと思うと恥ずかしくも情けなくもある。

そして、その恥辱がまた瑠璃子を感じさせる。

「申し訳ありませんが、お父様の専用車が故障なさったそうで、私が呼ばれました」

佐々木はいつもの礼儀正しい顔に戻り服を拾うと、朦朧とする瑠璃子に一礼し、立花と亜弓に会釈をしてカーテンの向こうへ去っていった。

「え……そんな」

宴の終わった部屋は静まり返り、ディルドの音だけがブーンとこだましている。

亜弓が膝をついて電源を切り、大学では決して見せたことのない妖艶な笑みで瑠璃子を見上げてくる。

「うふふ、気持ちよさそうだったわね」

「……先輩」

「ああん、お汁なんか零しちゃって」

細い指先が瑠璃子の内腿からすぼまりを掻き、ぬめりを塗り広げてくる。

「ふううっ、や、あ」

「さあ、もう抜いてあげましょう」

立花が歩み寄り、ピンクの棍棒が刺さった割れ目をもの珍しそうに見つめて指図する。

亜弓は立花に頷くとグロテスクな茎を握り、恥じらいを引き伸ばすようにゆっくり引き抜く。

「あ、あ、あ」

時間をかければかけるほど膣粘膜がうねり、イソギンチャクたちが名残惜しげに纏わりついてゆく。

最後の膣口で、カリが引っかかり抜けない。

「あん、もう、欲しがるんだから」

亜弓の窘めるような台詞に、瑠璃子は恥ずかしさに身を縮ませ、さらに膣が締まってしまう。

「どうれ、僕に貸して」

立花がぐりぐりとディルドを捻《ひね》り、膣輪を充分に刺激してから一気に引き抜いた。

「はああっ……」

つっかえ棒を失くした瑠璃子は、へたり込むように腰を落とす。だが四肢を捕らえる枷に阻まれ、中途半端に体を揺らすだけだ。

「まあ、なあに、これ」

亜弓のわざとらしい声が耳に届く。

目の前に突きつけられたピンクのペニスには、濁った牝汁が節々にこびりついていた。

第八章　予約席

1

　終業のベルが鳴り、学生たちはテキストを抱え階段教室を出て、カフェテリアへそぞろ歩く。

　教授も去った黒板の前の席で、瑠璃子はひとりぼんやりと窓の外を眺めている。木々の緑は、曇った瑠璃子の心など知らぬ顔で、大葉を広げ心地よさそうに風に靡《なび》いている。

　黒板に残るバッハの楽曲分析はちっとも頭に入っておらず、甦るのは鏡の間に磔《はりつけ》にされデイルドで弄ばれたことばかりだ。

　手首に、足首に、まだ鈍い痛みが残っている。瑠璃子はそっと右手で左手首を握ると、冷たい金属の重みを思い出していた。

「あんなことが、実際にあるなんて……」

小説や映画では見聞きしたことはあっても、本当にあんな淫らな世界があることにショックを受けながらも、度重なる恥辱に瑠璃子の体は傷つくどころか、今までにない快感を覚え花開いてしまっている。

家でシャワーを浴びているとき、化粧室で髪を梳《す》いているとき、ひとりになると、つい手を体に這わせ官能的な気持ちに浸ってしまうから困る。そんな夜にもあの地下室でパーティが繰り広げられていると思うと、膣の奥は刺激を欲してわななき、瑠璃子を悩ませる。

「ああん、どうしましょう」

変わってしまったのは瑠璃子の女体ばかりで、あれ以来佐々木の態度は以前と変わらず、折り目正しい運転手面《づら》を忘れない。亜弓とも大学の廊下ですれ違うが、いつもと同じように手を振ってさわやかな笑みを投げかけてくる。まるであの地下室の出来事などなかったかのように、誰もが日常に戻っている。取り残されたのは、瑠璃子だけだった。

あの一件以来、またしばらくVivaceから足が遠のいているが、調教された体が刺激を求めて仕方ない。

白いワンピースの胸リボンが風に揺れて、二の腕をくすぐる。

瑠璃子は携帯電話を取り出すと、店の番号を呼び出して何度も迷ったすえに通話ボタンを押した。大人の儀式を受けた今ならば、緞帳の向こう側へ通してくれるに違いない。立花恋しさ、いや、立花の肌恋しさに、瑠璃子は思い切って電話をかけた。

繰り返される呼び出し音に切ってしまおうかと躊躇っているうちに、聞きなれた立花の声が応答した。

「ありがとうございます、Vivaceでございます」

「あ、あの……」

瑠璃子は居住まいを正して椅子に座り直す。裾が捲れてむっちりとした白い腿が見えるのも構わず、両手で受話器を耳に押し当てる。掌にじわりと汗が滲み唇が震えて次の言葉が出ない。

「はい、伊集院様」

立花の紳士的な応対がかえって胸に刺さる。あんなことをしておきながら、誰もみな涼しい顔をして、悩んでいるのは瑠璃子だけだ。

名前を口にされ、声だけで知られた瑠璃子は、心の中まで見透かされている気がして胸が高鳴った。もじもじと腿をすり合わせて身を縮こめる。

「なんでございましょう、ご予約でしょうか」

「ええ、あの、その……今夜だけど、ＶＩＰルームをお願い」

「あいにく先約が入っておりますが」

自ら恥を忍んで電話したというのに、思わぬことに出鼻をくじかれて黙ってしまう。

「ご一緒でかまわないのでしたら、お取りいたします」

「……一緒？」

意味深な立花の言葉に瑠璃子は即答出来ずにいる。あの地下室で合い席とはどういうことだろう……

「ええ、明日も明後日《あさって》もご予約を頂戴しておりまして、本日ならご合い席でお受けできますが。いかがされますか」

立花の声色がねっとりと湿度を帯びてくる。密約を交わすような、潜めた感じが耳元にくすぐったい。

「あ、あの、お願いします」

「かしこまりました、では今夜、お待ちしております」

瑠璃子は、妖しい言葉に惹かれ性急に承諾してしまったことを少し悔いながら、合い席という思わぬ展開に胸を高鳴らせ、携帯電話をバッグに滑り込ませた。

「あの、予約をしています伊集院ですけど」

瑠璃子はVivaceのマホガニーの重厚なドアをくぐると、出迎えたウエイターに名を告げた。

　肩で息をする白いワンピース姿が、木蓮の花のようにふんわりと夜の木立に浮かび上がる。

　せっかく立花に会うのならもっとよそ行きのドレスで着飾って出かけたかったが、突然当日の予約を入れたのだから仕方がない。大学の正門に横付けする佐々木の隙を突いて、地下鉄でVivaceへ辿り着いた体はじっとりと汗ばんでいる。

「ようこそ、お待ちしておりました。こちらへ」

　いつもならすぐに立花が現れ、背を抱くようにしてテーブルへ案内してくれるのに、今日はフロアを見渡してもすらりとしたダークスーツの姿がない。

（そうだわ、きっと、もうあのお部屋で待っているのよ）

　瑠璃子は先走る想像にはにかみながらも、あの立花のことだからきっと何か素敵なサプライズを企てているにちがいない、と微笑みを浮かべる。

　前を行くウエイターは螺旋階段の手前で立ち止まると、瑠璃子を振り返り、行く手を示す。

「下で立花がお待ちしております。では、私はここで」

「ありがとう」

「どうぞごゆっくりお過ごしくださいませ」

　心なしかウエイターが皮肉な笑みを浮かべたように感じたが、それも思い過ごしかもしれない。瑠璃子は意識過剰な自分をいさめつつ、予想が的中したことに浮かれ、階段をゆっくり降りてゆく。地下室を訪れるのはこれで何度目だろう。ついこの前まではこの部屋の存在も知らず、ましてやセックスの味も知らなかった女子大生が、今ではすっかり肉の虜に成り果てている。

螺旋の渦はまるで女陰の奥に渦巻く欲情のように、瑠璃子をどこまでも引きずり込んで行く。

見慣れたワインセラーの前に降り立ち、瑠璃子は誰もいないことに不安を覚えた。薄暗い明かりは気味悪く、どこに立花がいるのだろう、とあたりを窺う。一歩また一歩、ボトルの列を抜けてゆく。

突き当たりのビロードの帳が近づくにつれ胸も高鳴ってしまう。威容を誇る分厚い幕はその中の秘め事を包み隠し、資格のない者を寄せ付けない。

「え……」

瑠璃子はどこからともなく聞こえる仔猫の鳴き声に耳をそばだてた。かすかな、だが激しいよがりは、肉の悦びに嗚咽《おえつ》する女のものに違いない。

先約、と立花が言っていたことを思い出し、ミュールの爪先が躊躇する。さらに男の低いため息もまじり、瑠璃子は聞いているだけで鳥肌が立ち、膣奥が刺激され軽く波打ってくる。

（誰かいるのね。予約を入れたお客さんかしら……）

瑠璃子は躊躇っていた歩を進め、ビロードの帳の端っこに手をかける。

カーテンの向こうで戯れている男女とともに、瑠璃子自身が立花と触れ合っている妄想が膨れ上がる。まさか鏡の間で他のカップルと見せ付けあおうなんて提案をする気では、とひとり身をよじって恥じる。

（そんな大胆なこと……立花さんたら、いやだ）

すっかり逆上せた瑠璃子は、耳まで桜色に染め、親指の爪を軽く噛む。

「はああっ……うふん、いいわぁ」

帳の中から若い女の吐息が漏れる。瑠璃子は布端を摘む指に力をこめて耳をそばだてる。

「ねえ、今日はいつもより激しいのね、立花さ……んふっ」

指先が震え、瑠璃子は膝から力が抜けそうで必死にカーテンを摑んだ。立花、と呼びかけるよがりは亜弓のものに違いない。

「そうかい。だとしたら、このあとにお楽しみがあるせいだろう」

「うふふ、そうね、今日はうんとうんと……はああっ！」

亜弓の声が途切れ、腹のぶつかる乾いた音がする。

瑠璃子は耳を塞ぎたくとも身じろぎひとつ出来ず立ち尽くす。立花と亜弓の睦言《むつごと》など聞かされるのは耐えられない。

（……立花さん、ひどいわ）

だが、恋する乙女の純粋さとは裏腹に、瑠璃子の中で官能的な欲望が湧き起こり、体のほうが反応しはじめている。膣は容赦なく収縮し、時折、きゅう、と縮みあがっては瑠璃子を悩ましい気持ちにさせる。人の、それも愛しい立花のセックスを聞かされては体がもたず、壁にもたれるようにしてカーテンをほんの少し開けて中を覗く。

（ああ……いや）

そこには、ソファに仰向けに寝そべる亜弓の黒髪と、馬乗りになる立花がリズミカルに揺れていた。日焼けした立花の胴に白いふくらはぎが巻きついて、時折足指が焦れったそうに曲がる。それが女陰の奥を突かれている瞬間の仕草であることが分かってしまい、余計に目を逸らしたくなる。

「はああっ、いいのっ、あ……ん、奥まで、奥まで来てるう」

亜弓が膝を抱え、局部どうしが密着するよう尻を持ち上げる。快楽を得ようとする亜弓の姿は、大学で見かける楚々とした雰囲気からかけ離れ、女豹のようにしなやかに体を波打たせ、男を貪《むさぼ》っている。

「ねえ、立花さ……、いいの、中がすごぉく、ねえ」

亜弓が同意を求めるように筋肉質の背を掻き抱いたとき、立花がふと顔を上げてこちらを見た。

「ああ、お待ちしていましたよ」

2

「さあ、どうぞご一緒に、伊集院様」

立花は悪びれもせず、亜弓と繋がったまま瑠璃子に笑いかけて中へ入れと促す。その不遜《ふそん》な態度に驚きながらも、瑠璃子は雰囲気に呑まれまいと、強気を装って足を踏み入れる。

裸足にひっかけただけのウェッジソールのミュールが黒い毛足に埋もれ、白いコットンワンピースの裾が遠慮がちに揺れる。

どぎつい赤と黒の空間に不似合いな清楚な令嬢が、しどけなく立っている。

「先約って……先輩のことでしたの」

瑠璃子は唇をわななかせて亜弓と立花を交互に睨み付けた。無論、ここではどんなタブーも赦《ゆる》されるのがルールだとは知っているが、いざ、目の当たりに見せつけられると、嫉妬の念が燃え上がってどうしようもない。

「うふふ、当たり。邪魔はしないから、今夜は合い席でお願いね。ところであなたのお相手はどこかしら」

久しぶりに立花と二人きりになれるとばかり思っていた瑠璃子は、事情を呑み込めずにいる。その間も亜弓はわざと腰をくねらせて立花と結ばれた部分を見せつけてくる。

「ねえ、早く一緒に盛り上がりましょうよ……あんっ、はああっ、あ、あ、あ」

亜弓の体が揺さぶられ、顎を上向きに突き出す。立花が華奢な腰を抱き寄せ大きくグラインドを繰り返すたび、水っぽい破裂音が静謐な部屋に響く。

「……いや、こんなことって……」

立花恋しさに、恥を忍んで自らVIPルームを予約したというのに、あまりに残忍な仕打ちにいたたまれない。ワンピースの胸元を掴む掌がじっとり汗ばみ、指が強張って解けないほどだ。せっかく美しく結った髪も、丁寧にひいたルージュも、重ね塗りしたチークも、虚しいばかりだ。

「どうしました。さあ、お愉しみください」

「愉しむって……」

「ずっとここへ来たくて仕方なかったんだろう」

瑠璃子を背後から抱きしめる腕に驚いて振り向くと、スーツ姿の桜井が片頬笑いで立っている。脇の下から二本の腕が潜り込み、胸を摑まれワンピースに皺が寄る。

「や、どうして、何なの、どうしてあなたなんかが」

「ずいぶんですねえ、口では威勢のいいこと言ってるけど、アソコを触られたらひとたまりもないくせによ」

口汚く罵る桜井の指が服の上から乳首をつまもうときつくつねってくる。急《せ》いた所作が闇雲に肉をひねり痛みが走り瑠璃子が身を捩る。

「ほうら、もう、悶えていやがる」

「ちが、う、わっ……ああっ」

抗っているつもりでも、いつしか這い回る指のタッチに体がほぐれ、捩る身も艶かしさを帯びてくる。いくら不本意であっても何かに操られるように瑠璃子の女体はうっとりと桜井の手に堕ちてゆく。

鏡に映る白いワンピースの女は、儚い陽炎《かげろう》のようにゆらゆら男の腕の中で躍っている。シャンデリアのまばゆさと鏡と、そして赤と黒の色調が、躊躇っていた体を高揚させ大胆にさせる。鏡の中の淫らな自身を見せつけられ、膣の中もうねってくる。

瑠璃子は改めてこの空間に潜む魔性を思い知らされる。

尻の割れ目に触れる異物の硬さに目をつむり、早くも勃起している桜井のイチモツを思い出す。小ぶりながらも鋭い硬さを誇る肉樹に抉られたあの感触が甦り、膣筒がウェーブを描いて痙攣するので、腰がいやおうなく微動してしまう。その揺れを感じ取られる恥ずかしさに、また奥が締まってくる。

「なんのためにこの部屋を予約したんだ。こんなことするためだろう」

桜井の手がワンピースの前ボタンを引きちぎるように外しに掛かる、ひとつ、またひとつ外されるごとに胸元が開き、なかから丸い果実が零れ出る。白いコットンのブラジャーからは服の上からつままれた赤い実がはみ出し、カップにひっかかって上を向いている。

「あ、ああん……」

飛び出た乳首をじかにひねられ、痛みと心地よさが同時に走りぬける。立花と亜弓の淫らな交わりを見せつけられ充分火照った体は、それがどんな忌まわしい指であろうと、弄られれば感じてしまう。

腰に纏わりついていたワンピースははらりと床に散り、パンティだけの下半身があらわになる。背後から抱きすくめられ胸を責められる瑠璃子の腰は水中花のように揺れ、パンティのサイドストリングの蝶結びが、太腿に艶かしく躍っている。

「愛しい立花さんのほうを向いてみようか」

桜井に羽交い締めにされたまま、無理やり立花のほうに体を向かされた。瑠璃子は桜井に弄られている表情を見られる恥じらいと、亜弓と繋がっている立花を正視したくない妬みで、首を振って顔を逸らす。

「ああ、気持ちよさそうに……乳首がピンピンに勃っているじゃないですか」

「本当、先っぽがあんなに硬ぁくなって。瑠璃子って感じやすいのね」

ソファの二人から冷静に女体の変化を指され、全身が熱く燃える。その間も絶え間なく豆粒を弾いてくる桜井の指が、しだいにあばらからウエストのくびれをなぞり、恥丘に辿り着く。

「はあっ……あ、や、いや」

「両方弄られると、もっと感じちゃうよなあ」

耳たぶをしゃぶる桜井の息がかかり、瑠璃子は肩をすぼめて鳥肌をたてる。じっとり汗ばむ背中に、スーツの生地がチクチクと刺さり痛痒さが肌を刺激し、逃げようと身を捩ると、思わぬ力が取り押さえ、胸を押しつぶされる。

「桜井様、パンティの縦筋に染みが滲んできましたよ」

立花は亜弓と交わったまま動きをとめ、じっと瑠璃子の秘所に視線を注いでくる。見られるだけで中がぬめり、膣から新しい温水が湧き出てくる。

「はああっ！　あううう」

割れ目を逆撫でられ、瑠璃子は腰を引いて声を漏らした。遠慮ない指はぬるぬるの秘所を泳ぎ回り、縦筋をなんども往復で滑らせる。

「あんんっ……はあっ、あんう、だめぇ、そこ、だめぇ」

「しっかり立ってろ」

桜井の叱責に、瑠璃子は身を強張らせて足をふんばって耐える。容赦ない摩擦がたて筋を踏みにじり、ぷっくりと吹く肉芽を捕らえて面白がるように弄ってくる。

「うぅん、ああっ……だって、ああん、そこぉ」

瑠璃子の声が震えて途切れる。どんな卑猥なことをされているのかと見下ろした視線の先では、桜井の手がパンティに潜り込み、白い三角布の前を異様に盛り上がらせてうごめいていた。

「うわ、もうこんなに濡らしてるじゃないか」

桜井が手を抜き、本気汁に塗れた中指と人差し指をくっつけては離して、間に引く透明の糸を瑠璃子の鼻先に突きつける。

「いやらしい牝の匂いだ、嗅いでみろよ」

「いやっ」

自らのお汁を鼻頭に塗りつけられ、瑠璃子はいやいやをして拒む。その間にも桜井の手は尻を撫で、太腿に垂れるサイドストリングを解いてくる。

「ほうら、こっちもべちょべちょに汚してる」

両腿のストリングを解いた桜井は、嬉々としてパンティを拾い上げると、クロッチの汚れを見て卑猥な笑みを浮かべて、立花に放り投げた。

「こんなに。桜井様の指が気持ちいいのでしょう。きっと中はもっとぐちゅぐちゅですよ」

立花は船底を鼻に当て音をたてて嗅ぐと、触発されたのか亜弓の中にピストンを送りはじめる。

「はあっ、あ、あ、あ、あう……ん」

亜弓は揺れながらさも自慢げな眼差しを瑠璃子に投げて、唇を半開きにしてわなないてみせる。股をうんと広げ、結合部を見せつけるように派手に腰を上下させる。

「瑠璃子さんも、あんなことされたいよねえ。もうオマンコが欲しくて疼いてるんじゃないの」

桜井は片手で割れ目を弄りながら、もう片方の手でネクタイを外しにかかる。衣擦《きぬず》れの音がしたかと思うと、後ろに回した瑠璃子の手首に絹のしなやかな紐が巻きつけられた。

「えっ、な、なに、どうするの」

「縛られるのが好きなんだろう？　手首や足首に、まだ新しい痕がついてるぞ」

生々しい痕跡を知られ、瑠璃子は恥ずかしさに唇を噛む。無理やり磔刑にされたのだから恥じることもないはずなのに、体の奥底のどこかで、縛られることでより昂ぶる自分がいるのを否定出来ない。卑しい体に堕ちてしまった恥辱が、瑠璃子をさらに感じさせる。

「そうなんだろう。縛られて、見られて、辱められて悦ぶ女なんだろう」

背後の桜井がスーツを脱ぎ、ベルトのバックルを外す金属音がする。両手を後ろに縛られ、裸体を晒したまま突っ立っているだけの自分が情けなく、瑠璃子は身を捩って前を隠そうとするが、捩れば捩るほど胸が揺れ、ウエストの贅肉がねじれ、女らしい丸みが際立って男を焚き付ける。

「立花さんに、濡れ濡れのオマンコ見せてやれよ」

桜井が背後から瑠璃子を抱き、尻の割れ筋に肉棒を押し付けてくる。熱く硬い異物が、ともすれば尻にもぐり込みそうで、瑠璃子は菊門を閉めて身を強張らせる。

桜井の手が割れ目を掻き分け中指と人差し指の二本で肉ビラを割った。二枚貝に閉じられていた緋肉が剝き出しにされ、そこをもう片方の手指が上下になぞる。

「ふううっ！　あ、あ、あんうう」

「ほうら、ああ、ぬるぬるして。ああ、このぷつんとしたところが気持ちいいんだろう」

二本の指に割られた秘所が、立花の前に晒される。充血して膨らんだ肉芽は指に触れられるたびに強烈な刺激が走り、瑠璃子は腰を揺らして耐えている。

「触ってもらおうか、立花さんに、え」

「いや、いや……ああっ」

「そうですね、では」

立花はそう言って亜弓から棹を抜いた。

「あうん、はあっ」

亜弓はつっかえ棒を失くしたように腰を揺らがせ、儚げにソファに寝そべった。割れ目からはいやらしい汁が垂れ、今までペニスが刺さっていたといわんばかりに膣穴がかっぽりと口を開けている。

羨ましさと安堵が瑠璃子を燃え上がらせ、震える腿で立花を待つ。

「おやおや、クリトリスがこんなに」

立花は、やおらこちらを向き直り床に座って瑠璃子の割れ目を見上げてくる。ちょうど縮れ毛のあたりに立花の鼻先があり、瑠璃子の生ピンク色した女陰をまじまじと見つめられる。

「はああっ……あ、あ、立花さ……」

後ろ手に縛られ、背後から桜井に抱きすくめられた瑠璃子は、下半身だけに自由を与えられ心地よさに弧を描く。このまま指で撫でられれば、あっという間にイッてしまいそうで、足指を床に踏ん張る。太腿が痺れ、膣口から粘壁にかけてかすかなビブラートが起こる。

「ふうっ、ふうう、あ、あ、ねえ、そこぉ」

立花は微細な親指の動きでクリトリスを弾きながら、中指で膣口を刺激してくる。ややわとふやけた膣口は、すぐさま指を呑み込みそうに弛み、突っ込んでもらうのを待っている。

瑠璃子は、ほんの少しだけ潜り込む立花の指に吸い付こうと、膣を締めては逃げられ、そのたびに膣奥まで締まりほんのりと快感がこみ上げる。

「うふう、ねえ、あ、あ、そこよ、ねえ、ああ」

「お豆さんが大きくなってきましたよ」

「ねえ、ちょうだい、ねえ、もっと、もっと」

そこまで来ている快感には抗えない。瑠璃子は堪らず男達を求める台詞を吐いて腰を揺すっておねだりしてしまう。

「ああ、クリクリしてきた」

立花が顔を近づけ、嬉しそうに声をあげる。瑠璃子からは見えない繁みの奥の変化を伝えられ、想像に顔が赤らむ。小さな肉芽がどれほど膨れているのか、自らの欲深さをあらわしているようで、コリッと弾かれるたびに恥ずかしさが込み上げる。

腿と腿を擦り合わせて割れ目を隠そうとしても、指に無理やり押し開かれていてはそれも叶《かな》わない。淫らな粘膜を晒して指弄りに悲鳴をあげるしかできない。

「うふうっ……あ、あん、ううう、いいのっ、ああ、イきそうよ、お豆が、お豆がいいの」

瑠璃子は痴語をわめき、腰を前後に揺らしてもっと激しい摩擦を求める。指を宛がわれているだけでも充分感じてしまい、亀裂からは濃い汁が滲み出して立花の指をふやけさす。

「膨れてきたよ。ああ、ぬるぬるで指が穴に入っちゃいそうだ。桜井様、さあ、後ろからどうぞ」

立花が指を離し、背後の桜井を仰ぎ見る。

「え、あ、あ……はううっ」

床に踏ん張り、もう少しで感じるところだった瑠璃子は、物欲しげに立花の濡れた指先を目で追う。

「はああっ」

視界が揺れたかと思うと、桜井に後ろからウエストを摑まれ尻を突き出さされる。手を縛られ不自由な格好のままソファに顔を乗せ、尻だけを持ち上げた体位を強いられる。

尻の割れ目に桜井の陰茎が誘うように往復で撫でてくる。本気汁に塗れた女陰に、太い軸がぬるりと滑り、勢いあまって右へ折れたり、もう少しで穴に嵌りそうになる。

「あうう」

瑠璃子は顔だけソファの座面にもたせかけ、下半身を桜井に委ねている。

ふと目を上げたそこに立花のグロテスクな如意棒が瑠璃子の頬をピタピタと打ってくる。亜弓の淫汁に塗れた棹が、先汁を宿して瑠璃子を睨んでいる。

「ぐふうっ」

ふいに立花が瑠璃子の髪を摑み、腰を突き出して唇に棹をねじ込んできた。

手の自由を奪われた瑠璃子は、顎を突き出して醜い肉棒を受けながら、尻筋に押し込んでくる棹を感じていた。

陰茎に取り巻く生臭い匂いとどろりとしたゼリーが舌に唇に纏わりつき、吐き気が込み上げ涙が滲む。佐々木にロールスロイスのシートで強要された夜が脳裏を掠め、被虐の味が瑠璃子の舌根に広がり眉間に皺が寄る。

「どうです、おいしいですか。これがしゃぶりたかったのでしょう」

「ぐううん！」

立花の雄々しい茎を咥えさせられ、息苦しさに小鼻を膨らませていたところに、バックから桜井がねじ込んで来た。肉とは思えぬほど硬い弾頭がぬるぬるの割れ目を裂き、除夜の鐘突きのように何度も押し込んでくる。

柔らかな肉ビラは捲れ、食虫植物のように赤黒い棹茎を食んでゆく。ゆっくり喉を開け、中へ中へと送り込んでゆく。

「ぐうっ、ぐううっ、む、む……」

桜井の手が尻山を左右に勝ち割り、菊のすぼまりをシャンデリアの下に晒す。薄紫色の菊花は、淫汁に塗れててかりながら弛んだりすぼまったりを繰り返す。

「おう、入ったぞ、奥までしっかり入ったぞ」

桜井は低い声で呻くと、下腹部を擦り付けて根元まで寸分の隙もなく挿入した。

膣は一斉にざわめき、悦びに触手を広げて軸に絡み付いてゆく。ぎりぎりとねじ上げ、精を吸い上げんばかりに奥へ奥へと引きずり込んでゆく。膣口は押し広げられ、薄い皮膚が裂けそうに伸びるところを、心地よい抽送が摩擦する。

「ふううん、むうう、うう」

瑠璃子はうっとりと、眉間を切なげに八の字に開き、腰を揺らして応える。もっと執拗にもっと密着して摩擦して欲しくてたまらない。

「こちらがお留守になってますよ」

立花が腰を浮かせてフェラチオを催促する。口中に泳ぐ肉茎が瑠璃子の内頬や上顎を穿ち、舌を要求して止まない。

「ぐふうっ、むうう、はあっ、立花さ……」

息継ぐ間もなく、立花に頭を押さえられ喉奥まで突っ込まれる。粘膜を押し込む亀頭に吐き気が込み上げ、唾液が溢れてくる。だが、大きなペニスを突っ込まれていては唾を飲み込むことも出来ず、口端から涎を垂らすしかない。

「ほうら、こっちもだ」

桜井が尻たぼを摑み、腰をピストンしてくる。くちゅっ、と水っぽい破裂音が膣中で響き、すっかり開かれた尻筋に下腹部がぶつかる。天を向いた肉茎が内臓を穿ち、正常位とはまた違う、膣壁をほじくるような深い刺激が腹のなかに起こる。

「むうん！　むうん！　んんっ……ふううん」

ピストンを打ち込まれるたび、棹先が子宮に弾かれるコリッとした感触が広がり、くすぐったさと鋭い痛みに声を漏らす。甲高い叫びは、牝猫の求愛のようでもあり、男心を掻き立てる。

「ううっ、吸い付いてくるぞ。ほらほら」

桜井が大きく抜き差しを繰り返し、膣筒を摩擦する。薄い皮膜は手荒い抽送に引き攣れ、膣壁が張り裂けんばかりに伸ばされる。千のミミズのごとき畝がマラを取り囲み、締め付けて奥へ引っ張り上げる。

内腿から膣穴にかけて心地よい波が湧き起こり、きゅう、とリズミカルに収縮する。その度に子宮口もわななき、中のペニスを締め付ける。その硬い異物感がうっすらとした快感を呼び起こし、ヴァギナを痙攣させる。

「あはあっ……あ、あ、イ、イくうっ」

瑠璃子は身をくねらせ、垂れた乳房をバウンドさせる。ソファにもたれかかるように身を預け、二箇所の穴を同時に塞がれ男に満たされているさまは、とぐろを巻く白蛇のように艶かしく迫力に溢れている。

「ああん、素敵……羨ましいわ」

亜弓はソファに寝そべり、ピアノを奏でるように自らの乳房の上に指を躍らせている。赤いしこりをスタッカートで弾いては、背を仰け反らせ甘い吐息を漏らしている。

「ううっ、ああもう出そうだ」

桜井がスピードをあげて大きく腰をグラインドさせるたび、瑠璃子は揺さぶられて口中のペニスが喉粘膜を押し込む。

後ろから前から二本の肉刃に貫かれ、膣のわななきが止まらない。瑠璃子はそっと目を開けて鏡の中を窺った。ぼやける視界の中で、白い女体が二人の男に挟まれて揺れている淫らな構図が映し出されている。

「あむううっ……ぐふっ、ぐふう！　ちょうだい、中に、中にいっぱいちょうだあい！」

一段と早い速射に、吐き気と快感が同時に込み上げる。喉を抉る野太い棹は一層膨張し、臼歯にぶつかりながらも抜き差しをはじめる。太腿は痺れ、膣穴から子宮にかけてミミズたちが一斉に触手を捩りペニスを絞りたてる。

「ああっ、出ますよ、このまま……いいですね」

立花が瑠璃子の頭を抱え、口中にペニスを抜き差しする。背後では桜井の肉樹が硬い芯を持って子宮を突き上げる。

二人の男に押さえられもはや逃げることは出来ない。瑠璃子は湧き起こる快感の波に身を委ねながら必死で棹に喰らいつく。

「うっ、あ、あ、出る、出る、出る！」

桜井の叫びが遠くに聞こえる。内腿が震え、膣が狭まり子宮口が亀頭を締め付ける。

「むううんっ！」

大きな波が、膣筒から子宮を突き上げ背筋を走りぬけた。全身が強張り、足指はくの字に曲がり瑠璃子は息さえも止める。

口中に甘辛いとろみが発射され、同時に膣の中に生温い精が放たれた。舌にはひたひたとヨーグルトが溜まり、鼻腔に独特の青臭さが広がる。尻を摑む桜井の指が食い込み、時折ピクンと跳ねては下腹部を擦り付けてくる。吐けども吐けども精が尽きないのか、桜井は低い溜息を漏らしながら瑠璃子の中に欲望を吐き出してくる。

熱いコーヒーのなかに白いミルクを垂らすように、緋色をした瑠璃子の体内に白濁汁が掛けられる。

やがて二本のペニスが放出を終え、最後の一滴を垂らすと、瑠璃子は唇をすぼめて尿道口に溜まった汁を吸い上げてやり、膨れ上がった頬袋の中のスペルマを観念して飲み下した。

「ぐううん」

口中に渋みが膜を張り、えも言われぬ後味が残る。

「はあっ……あ、あ……ん」

瑠璃子はようやく棹を口から抜き出すと、ソファからずり落ちて床に伏した。高々と上げた尻から栓が外され、ぽっかり穴の開いた秘裂に外気が触れてひんやりする。

「私の目を盗むなんて、いけませんねえ、お嬢様」

茫洋《ぼうよう》とする瑠璃子は、鏡に映る制帽の姿に首を振った。見上げたそこには佐々木が皮肉な笑いを浮かべて目を光らせている。

「や……いやっ、どうして」

「今日はたっぷりとお仕置きさせていただきますよ」

佐々木の手が瑠璃子の手首を縛ったネクタイを解くと、片足をソファの足に括りつけてゆく。

「あ、や、何するの。ねえ、やめ……あうう」

女壺に溜まっていた精が、黒い絨毯の上に白い筋をつけて垂れ落ちる。

朱に染まるカーテンの中からは、いつまでも絶えることなく艶かしいよがりが漏れ続けた。

エピローグ

「どう、綺麗なお店でしょう。お料理も美味《おい》しいのよ」

瑠璃子はグラスを片手に、目の前におどおどと座る後輩の女子大生に微笑みかける。皿の上にはアスパラガスとフルーツトマトを添えた前菜がひんやりと涼しげにテーブルを彩る。

「遠慮せずに、さあ、召し上がって」

「は、はい、いただきます」

まだ入学してまもない一年生は、小鳥のようなか弱い声でそういうと、ぎこちなく微笑む。

瑠璃子は可愛らしい仕草を見守りながら、フロアに動く影に目をやる。

「ほら、あれが入江先輩よ」

亜弓が黒いベルベットのドレスの裾をさばきあらわれると、客の誰もが一瞬目を奪われる。アップにした髪、透き通るうなじ、そして凜《りん》とした横顔が美しい。亜弓はグランドピアノの前に静かに座ると、ちら、と瑠璃子たちのほうに視線を流して笑顔を見せる。

細い指が鍵盤に触れ、やがて華やいだワルツが溢れ出す。

Vivaceは今宵も紳士淑女で賑わっている。

「入江先輩、素敵ですね」

「ねえ、あなたも週に何日かアルバイトとして演奏に来ない？　実は、入江先輩も忙しいから、他に知り合いの子はいないかって、オーナーに頼まれているの」

瑠璃子は黒いオリーブの実を唇に運びながら、目の前の女子大生を見つめる。

「え、わ、私が、こんな有名なお店で？」

女子大生は頬を染めて室内を見渡している。上質な客層の中には著名人もちらほら見受けられ、初心な小娘はそれだけでもう舞い上がってしまう。

小柄ながらも肉付きのいいやわらかな体つき、白い肌にストレートの黒髪が清純そうだ。何より、はにかみ屋で従順なところがいい。これなら立花も気に入るだろう。

「んふふ、よければ、オーナーにご挨拶にいきましょう」

「え、あ、あの……」

「大丈夫よ、地下のワインセラーにいらっしゃると思うの。そこはＶＩＰのお客様だけが入室を許されているの。さあ、ついてきてくださる」

瑠璃子の言葉に、女子大生は夢見るような瞳で付き従う。ドレスの衣擦れの音がピアノに紛れてフロアを横切る。

瑠璃子は亜弓に目配せをして螺旋階段を降りてゆく。これからはじまる物語の序章に胸が浮き立って笑みが零れる。

亜弓は瑠璃子に小さく頷くと、あらたな調教に思い巡らせショパンの円舞曲を華やかに奏でた。

この作品は書き下ろしです。原稿枚数345枚（400字詰め）。

GENTOSHA OUTLAW BUNKO

地下室《ちかしつ》

吉沢華《よしざわはな》

平成21年12月5日　初版発行

発行人——石原正康
編集人——菊地朱雅子
発行所——株式会社幻冬舎
〒151-0051東京都渋谷区千駄ヶ谷4-9-7
電話　03(5411)6222(営業)
　　　03(5411)6211(編集)
振替00120-8-767643
印刷・製本—株式会社 光邦
装丁者——高橋雅之

幻冬舎アウトロー文庫

ISBN978-4-344-41418-1　C0193　　O-89-3